Liés par un bébé

NINA MILNE

Liés par un bébé

Traduction française de
YVES CRAPEZ

Harmony

HARLEQUIN

Titre original :
BABY ON THE TYCOON'S DOORSTEP

HARPERCOLLINS FRANCE
83-85, boulevard Vincent-Auriol, 75646 PARIS CEDEX 13
Service Lectrices — Tél. : 01 45 82 47 47 - www.harlequin.fr
ISBN 978-2-2804-5379-0 — ISSN 2740-3548

Composé et édité par HarperCollins France. Achevé d'imprimer en avril 2021.
par CPI Black Print - Barcelone - Espagne
Dépôt légal : mai 2021.

FSC www.fsc.org MIXTE Papier issu de sources responsables FSC® C159065

Pour limiter l'empreinte environnementale de ses livres, HarperCollins France s'engage à n'utiliser que du papier fabriqué à partir de bois provenant de forêts gérées durablement et de manière responsable.

Prologue

Il y a six ans

Face à un Jake Cartwright qui semblait pourtant sûr de son fait, presque arrogant dans le déni, Isobel Brennan s'efforçait de retenir ses larmes.

Comment ce richissime fils d'un magnat de l'hôtellerie avait-il pu la trahir de si odieuse façon ?

Les poings serrés, elle contempla sa haute silhouette tandis qu'il arpentait la pièce où, quelques secondes plus tôt, ils s'étaient affrontés à coups d'arguments percutants.

— Jake, comment as-tu osé !

De fureur, sa voix dérapait dans les aigus.

— Je n'y suis pour rien, Iz ! Es-tu sourde ou stupide ?

— Reconnais donc que tu m'as trompée, dit-elle avec force.

Le regard de Jake se chargea de réprobation.

— Admettre ce qui n'a pas été ? Combien de fois encore devrai-je répéter que je n'ai pas couché avec Anna ?

— Jake, cesse de mentir et de me prendre pour une attardée. J'ai vu, de mes yeux vu, cette chère Anna sortir de chez toi à 1 heure du matin. Et quand je l'ai saisie au collet, il a bien fallu qu'elle s'explique.

Anna avait connu Jake à l'université bien avant elle, et le simple fait de prononcer ce banal prénom la mettait en rage.

Anna !

D'une beauté indéniable, diplômée en économie, sa rivale avait en outre décroché un contrat de mannequin qui la rendait, à ses yeux du moins, d'autant plus dangereuse.

Face à Jake, qui contenait mal sa colère, Isobel ne put s'empêcher de repenser à cette fameuse nuit – à sa surprise, à sa souffrance – quand, alors qu'elle rendait visite à l'homme qu'elle aimait d'un amour fou, elle avait croisé la route d'Anna qui sortait précisément de chez Jake.

— Isobel ? avait demandé Anna d'un ton surpris. Que fais-tu ici, à cette heure tardive ?

Isobel l'aurait giflée.

— Ça serait plutôt à moi de te poser la question !

Anna lui avait lancé un regard faussement innocent.

— Avant tout, laisse-moi t'expliquer... Mais pas ici, allons plutôt dans ce snack ouvert toute la nuit.

Durant le court trajet jusqu'au snack, le cliquetis des talons aiguilles de sa rivale avait rythmé pour elle les visions d'un Jake faisant l'amour avec cette splendide blonde aux longs cils.

Jake !

Beau, grand, musclé, il avait tout pour lui. Quant à Anna, elle aussi avait tout pour elle... C'est pourquoi l'éventualité que tous deux aient repris une relation après avoir rompu, était parfaitement plausible.

N'était-ce pas, du reste, ce qui venait de se produire ?

— Asseyons-nous ici, avait déclaré Anna après avoir commandé deux cafés.

Gifler la garce la démangeait, mais l'envie d'en savoir plus sur ce que Jake et Anna avaient ourdi dans son dos l'avait incitée à patienter.

— Je comprends ta déception, Isobel, mais si tu es

attachée à Jake comme je le suppose, alors tu dois lui pardonner. Ce qui est arrivé cette nuit entre lui et moi n'est qu'un accident qui ne se renouvellera pas. Crois-moi, il regrette déjà de t'avoir trompée et, dans le fond, tout est de ma faute, pas de la sienne.

Les doigts fins d'Anna sur son bras, cet insupportable sourire ponctué par le battement léger de ses longs cils...

— Coucher ensemble ne veut pas dire aimer, Isobel. C'était purement physique.

Ah, comme Isobel aurait aimé gifler cette blonde pleine de suffisance !

— Pour vous deux, peut-être bien, mais pour moi, ça change tout, avait-elle rétorqué.

Nouveau battement de cils.

— Tu dois pardonner à Jake, Isobel. Si tu ne le fais pas pour moi, fais-le au moins pour lui.

Isobel s'était levée, en proie à une indescriptible fureur.

— C'est impossible, Anna. Et ne t'avise surtout pas de me recontacter.

Par la suite, Jake et elle s'étaient revus et, au fil de nombreuses et tumultueuses explications, elle ne s'était toujours pas résignée à quitter l'homme qu'elle aimait d'amour.

Ce soir, sans doute s'agissait-il de leur ultime confrontation car, contre toute attente, jamais Jake n'avait fait amende honorable ni admis avoir couché avec Anna.

Pour Isobel, ce mensonge scellait leur rupture et ranimait en elle les douleurs passées. Celles d'une enfance lourde de souffrances, celle des colères de son beau-père qui battait sa mère puis accusait celle-ci de l'avoir poussé à bout avant de lui demander pardon, d'invoquer « son tempérament de mâle », de jurer ses grands dieux qu'il ne recommencerait pas. Autant de mensonges qui, aujourd'hui encore, lui donnaient la nausée.

Les hommes...

Leurs mensonges.

Jamais sa mère n'avait eu le courage de rompre, préférant passer l'éponge et pardonner à celui qui la battait et la couvrait d'hématomes.

Au moins, sur ce chapitre, refuserait-elle toujours d'être prise pour une idiote, encore moins d'être victime d'un homme.

Elle sentit le regard à présent froid, presque glacial, de Jake sur elle.

— Pour la dernière fois, Isobel, je n'ai pas couché avec Anna cette nuit-là.

Ainsi, ce rejeton d'une lignée d'hôteliers huppés persistait à la prendre pour une idiote ?

— Tu n'as pas couché avec Anna, mais je l'ai surprise sortant de chez toi en pleine nuit, dit-elle, les bras croisés et le regard farouche.

Haussement d'épaule de Jake.

— Cette nuit-là, je ne me trouvais pas chez moi, Iz, combien de fois devrai-je te le répéter ? Alors il faut croire qu'Anna est venue me rendre visite sans crier gare, qu'elle s'est introduite chez moi et qu'elle en est repartie après avoir constaté que je n'y étais pas.

— Car elle avait tes clés ?

— Après notre rupture, je les lui ai réclamées mais elle ne me les a jamais rendues. Je me demande si, cette nuit-là, elle n'a pas eu besoin d'un endroit tranquille…

Le regard de Jake était franc, si innocent qu'Isobel en fut troublée.

— Que veux-tu dire ?

— Anna m'a appelé sur mon portable en début de soirée. Je venais de rentrer chez moi après une discussion orageuse avec mon père, et en m'entendant dire que j'étais trop énervé pour dormir et que je comptais me rendre dans un nouveau club de Soho pour y écouter du jazz, il est possible qu'elle ait décidé de profiter de ma maison pour y retrouver discrètement son nouvel amant.

L'explication lui parut tirée par les cheveux.

— Son nouvel amant ? Tu veux dire qu'elle aurait eu le culot de l'amener chez toi ? Et qu'elle aurait paniqué quand j'ai sonné chez toi ?

Jake eut un long soupir résigné.

— Anna fréquente actuellement un nouveau venu en politique qui a peur des scandales. Si mon hypothèse est la bonne, elle voulait le protéger, faire en sorte que tu ne puisses pas détecter la présence de cet homme promis à une carrière publique. C'est pourquoi elle a prétendu avoir passé du temps avec moi.

Devait-elle croire cette explication, passer l'éponge ?

Non, la ficelle était décidément trop grosse.

— Et je devrais ajouter foi à tes propos ?

— Des propos plausibles, Iz, car il n'est pas question pour Anna et son nouvel amant de dévoiler leur liaison en prenant une chambre dans un hôtel.

— Bien sûr !

— C'est strictement vrai, Iz. Ce soir-là, Anna était presque certaine de ne pas me trouver à mon domicile dont elle avait encore la clé, et je suis sûr qu'elle en a profité.

La conviction dont Jake faisait preuve lui donnait à réfléchir.

— Admettons que tu dises la vérité. Selon toi, Anna, la belle, la blonde Anna, aurait donc pris le risque de venir faire l'amour *chez toi*, avec son amant ?

— Il faut croire que oui.

— Quelle aventurière !

Jake eut un nouveau haussement d'épaule.

— Anna a toujours su prendre des risques calculés.

Les yeux clos, Isobel réfléchissait. Elle aurait voulu croire Jake, mais elle n'y parvenait pas. Elle gardait toujours en elle l'image d'Anna, de ce sourire affiché et de ses arguments oiseux, cette nuit-là, dans ce snack désert.

La vérité était à la fois plus triste et plus simple : Anna et Jake se ressemblaient, et donc s'assemblaient. Elle, en revanche, ne pouvait prétendre jouer dans la même cour qu'eux. Elle avait eu une enfance déshéritée, malheureuse, et ses souvenirs se résumaient à des scènes horribles entre son beau-père et sa mère jusqu'à ce que les services sociaux s'avisent qu'une telle situation ne pouvait convenir à la petite fille qu'elle était.

Une fois prise en charge par l'Assistance publique, pauvre et sans famille, il ne lui restait guère d'espoir de réussite. C'est pourquoi, dès l'âge de seize ans, elle avait abandonné ses études et s'était émancipée en travaillant comme serveuse.

Sa rencontre avec Jake aurait pu être le prologue d'un conte de fées, mais non : à peine son cœur ferré par les beaux yeux de son prince, c'est à un désastre et à une désillusion sans nom qu'elle avait été confrontée.

— Isobel, écoute-moi, je t'en prie !

Jake s'avançait vers elle, le regard brûlant de cette flamme qui l'avait tant séduite.

— Eh bien, parle !

— Tu dois me croire, Iz, je n'ai pas couché avec Anna.

Encore ces mensonges que sa mère lui avait trop longtemps servis. « Je t'assure, chérie, cette fois, pas question que j'accepte le retour de ton beau-père, il nous a fait trop de mal. »

Vraiment ?

Et quand Simon, l'intéressé, un sourire contrit aux lèvres, revenait au bercail, c'était pour débiter à son tour un discours lénifiant. « Plus jamais je ne lèverai la main sur ta mère, Iz, ni sur toi, foi de beau-papa. Je vous aime toutes les deux. Il faut me croire. »

Aujourd'hui, la coupe était pleine et c'est d'un œil farouche qu'elle regarda Jake.

— Non, je ne te crois pas. Vous les hommes, vous êtes tous les mêmes, vous êtes prodigues de belles paroles mais je suis fatiguée d'entendre vos mensonges.

Poings serrés, Jake lui fit face.

— Comment peux-tu imaginer un seul instant que je sois capable de te regarder dans les yeux et de te mentir ?

De nouveau, ce doute qui la taraudait.

Et si Jake disait la vérité, après tout… ?

— Je ne sais pas. Je ne sais plus…, murmura-t-elle.

— Anna a inventé cette fable, Isobel, et tu l'as crue.

Devait-elle reprendre espoir ?

— Tu n'as sans doute rien prémédité, dit-elle d'une voix sourde, mais je suis sûre qu'en la revoyant quelque chose s'est produit entre toi et cette garce. Vous vous êtes laissé emporter par le désir en pensant que je n'en saurais rien.

— Eh bien, tu te trompes.

Peut-être avait-elle tort, peut-être pas.

En tout cas, sa décision était prise.

— C'est fini entre nous, Jake.

Dans les yeux de Jake, elle aperçut une flamme d'orgueil, de fierté masculine, mêlée de désarroi.

— C'est ton dernier mot ?

— Oui.

— Tant pis, alors. En tout cas, pour ma part, je suis navré de te perdre, surtout sur un tel malentendu.

— C'est fini, Jake.

— Dans ce cas, c'est toi qui l'auras voulu !

Si elle eut un doute, elle le balaya rapidement.

— Jake… Non, désolée, je ne peux plus te faire confiance, je n'y arrive pas. Et sans confiance entre nous, inutile d'envisager une relation durable.

Elle frissonna en sentant le regard froid de Jake sur elle.

— Dans ce cas, bonne chance. Prends soin de toi, Isobel.

Elle avait attendu son départ pour se mettre à pleurer.

1

Une fois hors du *tube*, le métro londonien, Jake Cartwright se mêla à la foule du matin tout en imaginant l'expression navrée qu'aurait affichée son père en apprenant que lui, son fils, délaissait chauffeur et limousine pour un moyen de transport plus démocratique.

Que lui importait après tout l'avis d'un homme qui ne s'était jamais soucié de lui et qui avait choisi, alors qu'il n'avait que quelques mois, de le confier à la garde de son grand-père Joseph, fondateur des hôtels Cartwright réputés dans le monde entier.

À la mort de Joseph Cartwright, Jake n'avait encore que six ans et son chagrin avait été immense.

Une limousine noire était venue le chercher pour le conduire au manoir de Charles Cartwright, son père, qui l'avait à peine embrassé, à peine regardé, avant de le confier aux soins de Petra, son assistante de direction.

Contraint à la solitude, il n'avait manqué de rien sinon de l'essentiel, cette affection que son père lui avait toujours refusée.

Pendant qu'il grandissait sous la férule de gouvernantes plus ou moins compréhensives, son père, lui, voyageait et prenait du bon temps avec des starlettes ou des mannequins en vogue sans jamais lui faire l'aumône d'une discussion ou d'une explication concernant les circonstances de sa naissance et l'absence criante de sa mère.

Aujourd'hui, après tant d'années, s'il avait enfin une place dans l'empire Cartwright, ses relations avec son père restaient tendues et, à chaque réunion d'actionnaires, leur confrontation virait à la bataille rangée. Un affrontement au cours duquel Charles Cartwright ne manquait jamais une occasion de le déprécier et de critiquer ses initiatives.

En proie à une colère froide, Jake accéléra le pas et se fit le serment de s'opposer du mieux qu'il le pourrait aux visées prudentes de ce père qui ne voyait, dans la gestion du groupe, que son seul profit et la perspective d'un train de vie encore plus somptueux.

La haute silhouette de son grand-père lui revint en mémoire, ainsi que le ton de sa voix grave, un peu cassée, qui lui avait tant de fois prodigué des conseils. « N'oublie jamais que tu es un Cartwright, Jake, et que je compte sur toi pour mener notre groupe au sommet. »

Il n'avait pas oublié et, dans dix jours, lors du prochain conseil d'administration, son intention était bel et bien de prendre le contrôle du groupe et de mettre sur la touche ce père trop insouciant qu'il en était venu à haïr.

Son portable sonna et le nom d'Helen McKenzie, directrice de l'hôtel Cartwright de Mayfair, s'afficha sur l'écran.

Le passage en trombe d'un bus rouge à deux étages, symbole de Londres dans le monde entier, l'obligea à presser l'appareil contre son oreille.

— Jake ? dit Helen. Ah, enfin… Je tente de te joindre depuis une demi-heure.

Une urgence ?

— Que se passe-t-il donc ?

— Un bébé vient d'être déposé à ton intention, à la réception.

— Un quoi ?

— Un bébé en chair et en os. Une fillette. Il y a une heure à peine.

Jake sentit ses pensées se bousculer dans son cerveau.

— C'est l'enfant d'une cliente ?

— C'est la première idée qui m'est venue à l'esprit, répondit Helen d'un ton pince-sans-rire, mais non, personne n'a réclamé cette fillette et puis…

— Et puis quoi ?

— Aucun client avec bébé n'est enregistré chez nous.

— Ah ! fit-il.

Ses neurones étaient en pleine voltige.

— Qu'as-tu fait du bébé ?

— Je l'ai confié à Maria.

Maria était la gouvernante en chef de l'hôtel, celle qui dirigeait la brigade des femmes de chambre, une mère de famille nombreuse aguerrie à ce genre de situation.

— Très bien, j'arrive.

La porte-tambour lui parut, ce jour-là, particulièrement lourde à pousser, et il gagna d'un pas rapide la luxueuse réception rouge et or du palace familial.

D'abord il devait voir Maria.

Il la découvrit dans la salle de repos des employés, penchée sur le berceau improvisé d'une adorable fillette aux fins cheveux châtain.

— Bonjour, monsieur Jake.

— Bonjour, Maria.

Il sentit son cœur se serrer d'émotion et de compassion pour ce petit être abandonné qui n'était pas sans lui rappeler sa propre enfance.

Comment son père avait-il osé, alors qu'il était âgé de quelques jours, partir en croisière sans un regard pour lui ?

Et que penser de cette mère qui l'avait quitté, lui à peine né, pour se rendre aux États-Unis !

C'est seulement à l'âge de dix-huit ans qu'il avait revu sa mère. Jamais il n'oublierait sa voix brisée par l'émotion, ses mots maladroits qui tentaient de justifier l'injustifiable. « Il faut me comprendre, Jake… J'avais besoin d'argent pour mon petit frère… »

Atteint d'une grave maladie, ce dernier était mourant et seule une opération de la dernière chance, aux États-Unis, pouvait le guérir.

Pour payer l'opération de ce frère condamné par la médecine, elle avait donc accepté de mettre un bébé au monde. Elle avait été rémunérée et, en retour, elle s'était engagée à renoncer à tout droit sur l'enfant. Charles Cartwright lui avait ensuite assuré une existence confortable outre-Atlantique. « Rien de personnel contre toi, Jake. Je ne pouvais faire autrement, je t'assure », lui avait-elle expliqué avant d'essuyer ses larmes.

Il se tourna vers Maria et lui désigna la fillette endormie.

— Elle n'a pas trop pleuré ?

— Je l'ai bercée et elle s'est calmée, dit Maria avec un large sourire. Au fait, il y avait aussi, à la réception, un sac contenant du lait en poudre, des couches, d'autres accessoires pour bébé, des vêtements et les horaires auxquels il faut la nourrir.

— Ah, tiens !

— Et une lettre à votre intention, monsieur Jake, ajouta Maria en lui tendant une enveloppe.

Il se mit à lire.

Cher Jake,

Tu risques d'être surpris en découvrant le bébé.

Emily est ma fille. Je l'aime très très fort mais, pour l'heure, il m'est impossible de la garder avec moi sans la mettre en danger.

Martin, le papa, sort en effet demain de prison et il est capable du pire. Surtout, ne le laisse jamais approcher de mon petit chou.

J'espère que tu ne m'en voudras pas de te mettre ainsi à contribution. J'ai également contacté Isobel pour qu'elle vienne s'occuper d'Emily, le temps pour moi de régler la situation avec Martin.

Prenez soin tous les deux de mon Emily que je viendrai rechercher dans quelques jours. J'ai préparé du lait, des couches et tout le nécessaire.

Isobel t'expliquera la situation en détail mais, pour le moment, ce qui compte est de mettre Emily en sécurité.

Bien à toi.

Caro Ross

Caro !

Une jeune femme gaie et résolue, meilleure amie d'Isobel qui, six ans plus tôt, avait été sa petite amie.

Isobel Brennan !

Cette ravissante brune aux yeux noisette l'avait quitté à la suite d'un malentendu, une stupide méprise provoquée, à dessein peut-être, par son ex-petite amie Anna.

Isobel…

Tous deux auraient pu être heureux.

Ce qu'il avait cru être de l'histoire ancienne redevenait d'actualité et ce fut comme si, de nouveau, s'imprimait en lui la peur d'être rejeté, de se retrouver seul et délaissé.

Six ans plus tôt, alors qu'il plaidait sa cause et proclamait son innocence, Isobel l'avait fusillé du regard avant de s'éloigner, meurtrie autant que lui-même l'était.

Plusieurs semaines lui avaient été nécessaires pour recouvrer un semblant d'équilibre car l'abandon d'Isobel lui rappelait celui de sa mère et de son père, ces lâches qui avaient choisi de prendre la fuite.

Une plainte d'Emily le ramena à la réalité.

Quel petit chou !

Et voilà que la fillette se rendormait déjà, indifférente à ses élucubrations de gosse blessé, devenu aujourd'hui un homme en mesure d'affronter le pire.

Restait à s'occuper de cette petite Emily sans toutefois retomber, en ce qui le concernait, dans les mêmes erreurs que par le passé.

N'as-tu pas appris ta leçon, idiot ? Compris qu'il ne fallait pas faire confiance aux femmes, et encore moins à Isobel ?

Il appela la réception.

— Ici Jake Cartwright. Si une certaine Isobel Brennan me demande, avertissez-moi aussitôt.

Après sa journée de travail, Isobel fut soulagée de regagner l'appartement de la banlieue de Londres qu'elle louait avec deux autres jeunes femmes.

Enfin, un peu de tranquillité.

Employée d'une agence événementielle, elle avait pour tâche d'organiser des mariages, des concerts et même des conférences, ce qui réclamait de sa part un engagement important.

Depuis une semaine, le mariage qu'elle préparait lui donnait bien des soucis et, aujourd'hui encore, la future mariée, une certaine Lucy, s'était violemment disputée avec sa mère sur la couleur des robes qu'allaient porter les demoiselles d'honneur.

Son rôle s'apparentait parfois à celui d'une assistante sociale ou d'une psychologue, et elle avait dû faire preuve de toute la diplomatie requise pour ramener le calme entre la mère et la fille.

Alors qu'elle se servait un thé bien mérité, son portable tinta.

— Isobel ?

Cette voix…

— Caro ! Quelle surprise.

Trois ans déjà qu'elle était sans nouvelles de celle qui avait été sa meilleure amie.

— Des ennuis m'ont empêchée de me manifester plus tôt, déclara Caro. Comme c'est bon, Iz, de te parler de nouveau.

— Et bon de t'entendre, dit cette dernière, émue.

Un silence.

— Isobel, j'ai une grande faveur à te demander. Il s'agit d'une question vitale.

— C'est OK, Caro. Tu peux me demander ce que tu veux…

Son amie poussa un long soupir.

— Martin et moi avons eu une petite fille, Emily. Elle a tout juste six mois et elle est la prunelle de mes yeux.

— Une fille ! Eh bien…

Caro lui coupa aussitôt la parole.

— Alors que j'étais enceinte, Martin a été condamné à de la prison. Il sort demain et je ne veux pas qu'il s'approche de la petite, comprends-tu ?

— Tu as peur qu'il lui fasse du mal ?

— Ou qu'il parte avec elle, ce que je ne supporterais pas. Aussi, je te demande de prendre soin d'Emily, le temps pour moi de régler mon contentieux avec Martin.

Que n'aurait-elle fait pour sa meilleure amie, celle avec qui, naguère, elle avait tant partagé, pour le meilleur et pour le pire.

— Bien sûr, tu peux compter sur moi, Caro. Veux-tu que je passe chez toi pour prendre Emily ?

— Oh non.

Sa voix était tendue, apeurée.

— Tu crains donc Martin à ce point-là ?

— Et encore plus que tu ne l'imagines. Rassure-toi, j'ai pu semer ses anciens complices qui surveillaient mon domicile et je suis allée déposer la petite à la réception du Cartwright Mayfair, aux bons soins de Jake.

— Tu as… quoi donc ?

— Remis l'enfant à la réception de l'hôtel, aux bons soins de Jake Cartwright. J'ai confiance en lui autant qu'en toi.

Plutôt que d'adresser des reproches inutiles à Caro, Isobel prit le parti de réfléchir.

— Es-tu sûre de ne pas avoir été suivie ?

— De ce côté-là, aucun souci. Et puis, Martin ignore que je connais Jake Cartwright.

— Évidemment, sans compter que Jake n'est pas une mauviette.

Jake qui, six ans plus tôt, l'avait trompée avec Anna, une jeune bourgeoise arrogante, ce qu'elle n'avait pas pardonné.

— C'est ce que je me suis dit, reprit Caro. Du reste, je n'avais pas d'autre solution. C'est vrai que Martin me fait peur…

Martin avait tout d'un psychopathe, imprévisible, vindicatif et brutal.

Trois ans plus tôt, quand Caro le lui avait présenté pour la première fois, Isobel avait senti chez lui un fond de violence, une brutalité au moins égale à celle de Simon, son beau-père, l'homme qui avait gâché sa vie et celle de sa mère.

Quand elle avait voulu mettre Caro en garde, celle-ci ne

l'avait pas écoutée, prétextant que « l'amour peut surmonter tous les obstacles ».

— Ne te mets pas en danger, Caro. Qui sait ce qui pourrait sortir de cette rencontre avec Martin ?

— J'en suis consciente, tu sais, et j'ai bien l'intention de me mettre à l'abri, le temps de faire le point sur la situation. Savoir qu'Emily est entre des mains sûres m'ôte un grand poids. Je te recontacterai dans quelques jours.

— Mais ne crois-tu pas que…

— Non, fais-moi confiance. Et promets-moi de veiller sur Emily qui m'importe plus que tout.

Comment ne pas ressentir de la compassion pour cette femme si désespérée ?

— C'est promis, juré même.

— Merci, Isobel. Et remercie aussi Jake.

La communication fut coupée.

Revoir Jake, celui qui l'avait trahie six ans plus tôt, n'était pas pour la réjouir, mais elle avait promis à Caro de veiller sur Emily et elle tiendrait cette promesse coûte que coûte.

Jake !

Comme elle avait été séduite par ce bel homme blond avant, hélas, de déchanter quand le hasard lui avait dessillé les yeux.

Tu n'aurais jamais dû faire confiance à un homme, idiote ! Quand admettras-tu que l'amour est une illusion, un concentré d'émotions qui nous affaiblit et nous empêche d'y voir clair ?

Croyait-elle encore en l'amour ?

Sa relation avec Jake avait d'abord eu des allures de conte de fées et, follement amoureuse de cet homme si beau, si intelligent, et qui avait le chic pour la mettre en valeur, elle avait nourri en secret des rêves de bonheur.

Quand, par la suite, Jake lui était apparu comme un

vulgaire coureur de jupons, elle avait perdu ses illusions et sa confiance dans la sincérité de la gent masculine.

L'heure n'est pas aux procès quand la sécurité d'une fillette de six mois est en jeu, se dit-elle.

Son portable sonna à nouveau.

Caro ?

— Isobel, c'est Jake.

Elle tressaillit en reconnaissant cette voix virile. Comment aurait-elle pu l'oublier ?

— Je sais pourquoi tu appelles et j'allais le faire.

— Bon… Quelle surprise, n'est-ce pas ?

— Tu l'as dit, mais Emily et Caro ont la priorité sur tout le reste. Comment se porte la petite ?

— Bien. Je l'ai laissée à la garde de Maria, la gouvernante de l'hôtel, une femme adorable qui a des petits-enfants et sait comment s'occuper d'un bébé.

— Et qu'en est-il de sa sécurité ? Caro nous remercie mais son souci reste Martin et le mal qu'il pourrait faire à la petite.

— Sa sécurité est assurée tant aux portes de l'hôtel qu'à l'intérieur, sans compter ma présence bien sûr.

La voix était sans faille, le ton impérieux, et en dépit de ses griefs contre son ex-petit ami, Isobel sut qu'il disait vrai et qu'en effet Emily ne risquait rien pour l'instant.

— Parfait. Je viens dès que possible.

— Dois-je envoyer une limousine te chercher ?

— Non, je prendrai le premier train et puis un bus.

Un silence.

— Comme tu voudras. Tu es assez grande pour savoir ce qui est le mieux.

— À bientôt, Jake.

Après avoir coupé la communication, elle empaqueta quelques affaires, passa un jean, son plus beau chemisier, puis elle se remaquilla devant le miroir de la salle de bains.

Allait-elle encore plaire à Jake, après toutes ces années ? La raison lui faisait souhaiter que non, mais le cœur, lui…

Pétrie d'anxiété, elle claqua derrière elle la porte et s'empressa vers la gare.

2

Jake tentait de se concentrer sur son travail quand son portable sonna.

— Jake ? Je suis à la réception.

Isobel !

— Je descends.

Il fit un détour par la suite où Maria veillait sur Emily.

— Monsieur Jake… Tout va bien ?

— Oui, si on veut. L'amie de la mère d'Emily s'est annoncée. Le temps d'aller la chercher, et vous pourrez rentrer chez vous.

— Ah, très bien.

— Merci encore, Maria, pour votre dévouement.

— Tout le plaisir aura été pour moi, monsieur Jake. Et puis, cette *bambina* est adorable.

— C'est vrai qu'elle est chou, dit-il après un coup d'œil attendri à la fillette qui le regardait d'un air malicieux.

Deux minutes plus tard, son regard se posa sur une jolie brune aux cheveux soyeux qui, en le reconnaissant, ne put s'empêcher de rougir.

— Jake…

— Isobel…

Ne retombe pas dans le piège. Elle t'a accusé à tort et n'a pas voulu en démordre, alors tant pis.

Mais pourquoi nier qu'Isobel lui manquait et qu'il ne l'avait pas oubliée ?

Il s'approcha et s'obligea au calme.

— C'est bon de te revoir, Isobel.

Ce regard soupçonneux sur lui.

— Vraiment ?

— Oui, vraiment. Après tout ce temps…

Allait-elle l'accabler comme six ans plus tôt avec cette accusation folle, décrétant qu'Anna venait de faire l'amour avec lui et qu'il était un menteur ?

Tout était faux, mais qu'Isobel ait eu si peu foi en lui, en sa parole, lui avait porté le coup fatal.

Isobel eut un sourire crispé.

— Nous n'allons pas réveiller les vieilles rancunes, n'est-ce pas ? Si je suis ici, c'est pour veiller sur Emily, rien d'autre.

— Bien sûr, allons-y.

L'ascenseur.

La proximité de celle qu'il avait tant aimée.

C'est fini, idiot. Ne replonge pas, sous aucun prétexte. FINI.

Quand, arrivé à l'étage, il s'effaça pour laisser passer Isobel, l'odeur de sa chevelure, ce parfum doux de jasmin, le troubla infiniment.

— Maria et Emily sont dans la plus belle suite de l'hôtel, expliqua-t-il en cheminant le long d'un corridor à la moquette épaisse jusqu'à une porte gardée par Stefan, son responsable de la sécurité.

— Au moins, tu fais toujours bien les choses, répondit la brune d'un ton presque ironique.

Une allusion à sa fortune ?

— Je te présente Stefan, mon chef de la sécurité.

Il se tourna vers le vigile impassible.

— Isobel Brennan sera seule autorisée, avec moi et Maria, à approcher l'enfant.

— J'appliquerai vos consignes à la lettre, monsieur Jake, répondit Stefan en leur ouvrant la porte.

Tandis qu'Isobel entrait avec lui dans la suite, il se remémora leurs moments de bonheur partagés naguère.

Ne te laisse pas attendrir. C'est fini, FINI.

— Maria ? Voici Isobel, l'amie de la maman de notre petite protégée.

Portant Emily dans ses bras robustes, la gouvernante leur sourit.

— Enchantée, Isobel. La petite est vraiment gentille, jolie comme un ange en plus. Elle a eu son bain, son biberon, et la berceuse que je lui ai chantonnée devrait l'aider à dormir.

Isobel sourit à son tour.

— Je ne vous remercierai jamais assez, Maria. Caro n'est pas responsable de la situation présente. Elle adore sa fille et c'est contrainte et forcée qu'elle doit s'en séparer pour quelques jours.

Après un échange de regards avec Maria, Isobel prit Emily dans ses bras.

— Tu es si mignonne, mon chou !

Dire que Jake n'éprouva pas alors une forte émotion aurait été mentir.

— Vous avez l'habitude des enfants, dit Maria à Isobel. Déjà maman ?

Pourvu que non ! songea-t-il.

Mais, en six ans, Isobel pouvait fort bien avoir rencontré un autre homme.

— Non, pas encore, mais la femme pour qui je travaille en élève un et je m'en occupe parfois.

— Je comprends, dit Maria. En tout cas, votre amie Caro a laissé des couches et des instructions concernant les produits de soin et la fréquence des biberons. Tout ce que vous avez à faire pour ce soir est de coucher bébé qui doit être bien fatigué.

— Merci pour tout, Maria, dit-il à la gouvernante. Allez vous reposer maintenant.

Maria lui lança un regard attendri.

— Entendu, monsieur Jake. Et ne vous faites pas de souci, je suis sûre que tout se passera bien.

Un cliquetis de serrure signala le départ de la gouvernante, et il exposa alors à Isobel les mesures de sécurité qu'il avait prises.

— Tout me paraît parfait, Jake, dit cette dernière. Et maintenant, couchons notre petite Emily qui bâille à fendre l'âme.

Restait encore un dernier point à régler.

— J'ai pensé que tu pourrais dormir près d'elle. Viens voir…

Emily dans les bras, Isobel le suivit jusqu'à la chambre à coucher de cette suite royale où un petit lit avait été dressé non loin du grand.

— On dirait un palais des *Mille et Une Nuits* ! s'exclama Isobel. C'est presque trop beau, trop grand… Une chambre ordinaire aurait fait l'affaire.

Six ans auparavant, elle lui avait déjà et à plusieurs reprises laissé entendre que le luxe n'était pas sa tasse de thé, et qu'elle l'aurait aimé, lui, sinon pauvre, du moins issu comme elle d'un milieu modeste.

— Je n'avais pas le choix, répondit-il avec patience. Étant au dernier étage, cette suite peut être aisément sécurisée. De plus, la présence du vigile passera inaperçue aux yeux des autres clients de l'hôtel et c'est autant de gagné en discrétion.

Un soupir échappa à Iz.

— Dans ce cas, je m'incline. Au fait, Jake, merci pour tout et sache que Caro t'est reconnaissante.

Il ne put retenir un sourire.

— Recevoir en gage un si joli bébé n'arrive pas tous les jours, n'est-ce pas ?

Et revoir celle qu'on pensait avoir oublié non plus.

— Non, Jake, en effet, ça n'arrive pas tous les jours.

Ainsi ce passé qu'il croyait définitivement éteint renaissait de ses cendres…

— Nous devrions parler, ne crois-tu pas ? dit-il soudain d'une voix que l'émotion rendait rauque.

— Oui.

— Quand Emily sera endormie, je commanderai un dîner pour deux et nous discuterons des décisions à prendre.

Isobel lui sourit, et il sentit les battements de son cœur s'accélérer malgré lui.

Et si tout n'était pas définitivement perdu ?

Jake parti, Isobel s'efforça, mais en vain, de recouvrer un peu de sérénité.

Quand elle l'avait quitté six ans plus tôt, c'était encore un jeune homme, et voilà qu'elle le retrouvait en homme fait. Et quel homme !

Berçant Emily avec tendresse, elle ne put s'empêcher de penser que, dans d'autres circonstances, elle n'aurait peut-être pas rompu avec celui qui l'avait trompée et que cela aurait pu être son enfant - leur enfant - qu'elle tiendrait aujourd'hui entre ses bras.

Cesse de fantasmer. Ton histoire avec Jake est terminée, un point c'est tout.

Une plainte s'échappa de la minuscule bouche d'Emily, et contempler ces lèvres adorables la remplit d'émotion et de compassion.

Petit être en détresse…

— Tu as trouvé ton refuge, mon ange, murmura-t-elle

à l'enfant, et jamais je ne te laisserai affronter Martin, y compris si ça implique que je compose avec Jake.

Doucement, avec des gestes maternels, elle coucha Emily dans son lit, veillant à la couvrir jusqu'au menton avec la couverture en laine, puis elle attendit que ses yeux se ferment et qu'elle s'endorme, rassurée par sa présence.

Restait à affronter le loup !

Jake…

Elle le trouva debout devant la baie vitrée qui dominait Londres, plus beau et séduisant que jamais.

Le futur héritier de l'empire Cartwright avait gagné en maturité, et ses cheveux blonds, très courts, accentuaient sa virilité.

— Jake ?

— Oui.

Ah, sonder ce regard et avoir enfin la certitude que, six ans plus tôt, Anna et Jake n'avaient pas eu une aventure !

Mais non, Isobel avait bien vu Anna sortir de chez lui à une heure très tardive.

Dire que Jake avait osé nier l'évidence.

— La petite est couchée, dit-elle d'un ton glacial.

Jake lui sourit.

— Elle dort ?

— Oui.

— Emily… Quel joli prénom.

Frotter ses paumes l'une contre l'autre l'aida à masquer sa gêne.

— N'est-ce pas ?

— Dis, si nous mangions un morceau ?

D'un geste ample, il lui désigna la table dressée.

— Entendu, dit-elle. J'avoue que ces émotions m'ont ouvert l'appétit.

— Emily est en sécurité chez moi. Sache que je veillerai sur vous deux, tout ce que tu auras à faire étant de t'occuper d'elle.

— Parfait !

Le menu rédigé sur un parchemin était digne d'un cinq étoiles.

— Choisis, lui dit Jake. Et je passerai commande.

— Voyons… Je vais prendre le turbot. Et toi ?

— La selle d'agneau. Et, si tu veux, nous partagerons, comme au bon vieux temps.

Car, au début de leur liaison, sous un ciel sans nuages, Jake et elle avaient pris l'habitude de mettre en commun tout ce qu'ils possédaient.

Pas d'attendrissement. Une fois ton doigt dans l'engrenage, c'est le bras tout entier que tu perdras.

— Non, inutile, dit-elle froidement.

Elle l'avait blessé sans doute, mais tant pis !

— Très bien, je reviens tout de suite, déclara Jake avant de disparaître.

Une fois seule, elle marcha jusqu'à la baie vitrée, admira les toits de Londres, la cathédrale Saint-Paul, reporta son attention sur la suite aux murs richement décorés, au sol couvert d'épais tapis persans.

Et ces lampes Tiffany, ces statues de marbre…

— Incroyable…

Elle qui, si souvent, avait tiré le diable par la queue, était sidérée par autant de luxe et confortée dans son opinion que, décidément, Jake et elle étaient incompatibles.

Plus jeune, elle avait éprouvé un sentiment similaire à l'école, quand des condisciples lui jetaient sa pauvreté à la figure et ne manquaient pas de la traiter d'orpheline puisque, en effet, elle était prise en charge par l'Assistance publique.

Sa mère vivait toujours mais, comme son mari la battait et était sujet à des crises, elle, sa fille, avait été soustraite à son autorité.

« Sale petite vagabonde ! Tu n'as pas de papa, tu n'as pas de maman ! »…

Les quolibets des filles de son âge l'avaient tant blessée.

Aujourd'hui, elle était bien dans sa peau, responsable de sa destinée et appréciée dans son travail. Et elle entendait se préserver de tout retour de flamme avec Jake, qu'il soit ou non coupable de l'avoir trahie six ans plus tôt.

— Le dîner sera bientôt servi, déclara-t-il en revenant. En attendant, veux-tu boire un verre ? Whisky ?

— Pas d'alcool. Quelque chose de léger…

— Un sirop de fleur de sureau ?

Que Jake se soit souvenu de ses goûts lui fit plaisir.

— Oui, parfait.

Peu après, tous deux s'installèrent sur le canapé en cuir blanc.

— Dans sa lettre, Caro te charge de m'expliquer de quoi il retourne, déclara Jake. Après tout, on ne dépose pas un bébé à la réception d'un hôtel tous les jours.

Une mise au point s'imposait.

— Je n'étais au courant de rien et, pour tout te dire, Caro et moi nous nous étions perdues de vue depuis au moins trois ans.

— Trois ans ?

— Eh oui. Nos routes avaient divergé. Je pense qu'elle a agi dans l'urgence et que j'étais la seule, avec toi, en qui elle avait confiance.

— Pourtant, vous étiez les meilleures amies du monde.

— Oui, jusqu'à ce qu'elle rencontre Martin. Au début, elle me l'a présenté comme l'homme idéal, et puis il est devenu violent, paranoïaque même. Plutôt que de mentir ou de chercher à justifier ses hématomes, Caro a jugé plus simple de ne plus me donner signe de vie.

— Mais c'est terrible !

— Oui, ce Martin est un prédateur, un vrai. Non content

d'avoir fait perdre son emploi à Caro, il l'a harcelée, contrôlant ses faits et gestes, ses sorties, et jusqu'aux vêtements qu'elle avait ou non le droit de porter.

Jake était devenu pâle.

— Et Caro a supporté ce traitement ?

— Par amour pour Martin. Je l'ai suppliée de rompre, mais elle s'y est refusée. Elle disait qu'une femme qui aime son homme doit tout lui pardonner.

Des mots qui, à peine prononcés, la firent frissonner de peur et de dégoût tant ils s'appliquaient à ce que sa mère et elle avaient subi.

— Tu l'as bien connu, ce Martin ?

— Oui, hélas. À l'époque, je lui ai dit ma façon de penser, ce qui l'a rendu furieux. Par la suite, il s'est toujours arrangé pour m'éviter, pour ne pas être là quand je rendais visite à Caro.

Une larme perla sur sa joue.

— Un jour, Caro a dit qu'elle ne voulait plus me voir.

Les yeux mi-clos, Isobel se remémora ce dernier tête-à-tête avec son amie. « Comprends-moi, Isobel, je ne peux pas quitter Martin et, même si je le voulais, il ne me laisserait pas partir. Et puis je l'aime, j'ai besoin de lui. Et il m'aime aussi. Il regrette les coups qu'il me donne, tu sais, et il dit qu'un jour il aura la force de ne plus me frapper. En fait, Martin pense que tu mets la pagaille dans notre couple. »

Quelques années plus tôt, sa propre mère avait elle aussi plaidé la cause de son mari. « Je ne peux pas quitter Simon, Iz, il est tout pour moi. Il m'aime, il me l'a dit, je te jure que c'est vrai. Avec le temps, il cessera de me battre, il me l'a promis… »

Les services sociaux s'en étaient mêlés, et elle avait été retirée à la garde de sa mère puis placée en foyer, aussi la façon dont Caro refusait de réagir face à cette nouvelle manifestation de violence conjugale n'avait pas manqué de la consterner. « Caro, tu ne peux pas accepter d'être battue ! s'était-elle écriée. Quitte Martin, quitte-le avant qu'il soit trop tard. »

Mais son amie s'y était refusée comme, auparavant, sa propre mère avait refusé de lutter contre Simon et de veiller sur elle, sa fille. Un échec dont elle s'attribuait - sûrement à tort - une part de responsabilité.

— Voilà, tu connais toute l'histoire, dit-elle d'un ton lugubre. Et je pense que Caro, de son côté, ne t'a plus jamais donné de ses nouvelles, du moins avant aujourd'hui.

— Plus aucune, en effet, répondit Jake en la fixant d'un œil attentif. Depuis six ans…

— Et moi, depuis trois ans. Oh ! ça n'est pas faute d'avoir tout fait pour la revoir, mais les lettres que je lui adressais me revenaient avec la mention « N'habite pas à l'adresse indiquée ».

Jake soupira.

— C'est bien triste mais qu'aurais-tu pu faire d'autre ?

— Je m'en voulais de ne pas pouvoir l'aider.

— N'était-ce pas précisément ce qu'elle souhaitait ? Alors sois sans regrets car tu ne peux pas contraindre les gens à agir contre leur volonté. Le vrai problème n'est pas Caro mais Emily…

— Que veux-tu dire ?

— Suppose que Caro ne donne plus signe de vie ?

Cette hypothèse la fit bondir.

— Caro n'est pas femme à abandonner sa fille, crois-moi.

— Caro et toi êtes sans nouvelles l'une de l'autre depuis trois ans. Alors, durant ce laps de temps, elle a pu changer. Que t'a-t-elle dit, au juste ?

— Qu'elle me recontacterait dans quelques jours.

Jake se gratta la joue.

— Je n'aime pas ça, Isobel. La sagesse serait d'appeler la police.

Isobel frissonna.

— Oh non, pas ça, je t'en supplie. Si la police se mêle de cette affaire, la petite risque d'en pâtir, d'être livrée aux services sociaux, et je m'y oppose.

Jake poussa un soupir.

— Bien sûr, bien sûr, mais par prudence, nous…

— Non, Jake, c'est à nous et à nous seuls qu'il revient de veiller sur Emily. Agir autrement serait trahir la confiance que Caro a placée en nous.

— Sommes-nous de taille à prendre en charge un bébé de six mois, Isobel ? Les services d'aide à l'enfance ont sûrement plus de moyens que nous.

À ce jour, jamais Isobel ne lui avait parlé de son placement en foyer d'accueil, de cette douloureuse expérience, et sous son regard perçant, elle se sentit percée à jour.

— Martin est un sale type, reprit Jake, et il pourrait convaincre Caro de revenir auprès de lui à sa sortie de prison. Avec la petite…

Iz frémit. Cette éventualité lui était insupportable.

— Non, impossible. Jamais Caro ne sacrifierait ainsi sa fille.

Mais en était-elle si sûre ?

Après tout, sa propre mère l'avait aimée sans parvenir à la délivrer des griffes de Simon, ce mari brutal qui cognait plus souvent qu'à son tour.

— Désolé de te contredire, reprit Jake, mais comment peux-tu être si sûre que Caro saura écouter la voix de la raison ? Femme amoureuse…

— Oui, je sais, il y a un risque.

Et ce risque, elle en avait apprécié les effets chaque fois que Simon battait sa mère, chaque fois qu'il hurlait dans la salle à manger, jetait les assiettes contre les murs ou brisait la bouteille contre le rebord de la table.

Les yeux fous, Simon écumait, prêt à bondir sur sa

mère, qui n'en pouvait plus de pleurer, et sur elle, qui filait se terrer dans le réduit en attendant l'accalmie.

Et dans sa petite enfance, c'était encore pire, même si, à l'époque, Simon ne s'en prenait pas encore à elle.

Les cris de cet homme, les plaintes de sa mère, les claques assénées et elle, cachée sous son lit durant la scène de ménage.

Un jour, elle avait vu Simon fermer son poing et en frapper sa mère au visage, avec une violence inouïe.

Terrifiée, elle n'avait osé intervenir et, depuis lors, sa lâcheté lui faisait honte.

Jake prit sa main dans la sienne, la caressa.

— Caro est davantage ton amie que la mienne, Isobel. C'est à toi de décider.

Elle leva les yeux sur lui.

— Jamais je ne livrerai Emily à Martin, Jake. Nous allons nous occuper de la petite, le temps pour Caro de régler son problème avec cet homme, et une fois qu'elle ne sera plus en danger, nous aviserons à ce qu'il convient de faire.

— Pas de police ?

— Pas de police. Pour le moment, Emily est en sécurité ici, n'est-ce pas ?

Le regard de Jake se fit rassurant.

— N'aie aucune crainte. Quant à ce Martin, j'irais bien lui dire deux mots.

Outre de la reconnaissance, ce qu'Isobel ressentit alors pour Jake ne manqua pas de la troubler.

À n'en pas douter, cet homme lui plaisait encore et elle le désirait.

Ne te laisse pas influencer, idiote !

— Tu es sûrement de taille à affronter un Martin, dit-elle, mais ne relâchons pas nos efforts pour assurer la sécurité d'Emily. Et pas de police.

— Je t'accorde quelques jours mais pas plus, déclara Jake. Après, il faudra alerter les autorités.

— Je suis sûre que Caro se manifestera bientôt, dit-elle, soulagée. Et encore merci pour ton aide, Jake.

Ils échangèrent un long regard et, si Isobel eut envie de se blottir dans les bras forts et rassurants de Jake, l'arrivée de leur dîner lui ôta le souci d'avoir à en décider ou non.

3

Ce que Jake venait d'apprendre concernant Caro et la façon dont Martin avait abusé de cette dernière, le navrait, mais que pouvait-il y faire aujourd'hui ?

L'arrivée du serveur poussant un chariot chargé de mets succulents mit un terme provisoire à ses pensées.

— Le dîner commandé, monsieur Jake.

— Merci, Rashid.

— Quel festin ! déclara Isobel en s'efforçant de sourire.

— Mangeons avant que ça refroidisse, dit Jake platement.

Peu à peu, l'atmosphère s'allégea.

— C'est fabuleux, Jake, commenta Isobel en posant sa fourchette à poisson. Mes compliments au chef.

— À la cheffe, c'est une femme.

— Vraiment ?

— Oui, débauchée à prix d'or d'un grand restaurant. Mmm… la selle d'agneau est succulente, elle aussi.

Un peu de vin pour lui, de l'eau minérale pour Iz.

Comme si elle était enceinte…

Sans cette stupide querelle six ans plus tôt, peut-être auraient-ils eu un enfant ensemble.

— À quoi penses-tu ? demanda-t-elle après s'être essuyé les lèvres.

— À la petite, à Emily.

— Moi aussi, répondit Iz. Au moins je suis là pour m'occuper d'elle, ce qui te permettra de reprendre le cours de ta vie et de veiller à tes affaires.

Il posa sa fourchette à son tour.

— Pas question que je vous laisse seules, Emily et toi.

— Stefan veille sur nous.

— Caro m'a désigné autant que toi comme responsable de la sécurité de son bébé et je ne déléguerai pas cette mission à d'autres.

Isobel afficha sa surprise.

— C'est tout à ton honneur, mais tu as sûrement fort à faire ici et…

— Je m'arrangerai, dit-il d'un ton tranchant.

Le conseil d'administration approchait et, même s'il était toujours décidé à prendre le pouvoir et à démettre son père de ses fonctions, Emily passait avant tout le reste.

— Alors tant mieux, répondit Isobel visiblement soulagée.

Il posa la question qui le chagrinait.

— Et toi, ton travail ?

— C'est déjà arrangé, Jake. J'ai pu joindre ma patronne et lui expliquer la situation. Elle m'a dit de ne pas m'en faire.

— Alors je bois à Emily, dit-il en levant son verre.

Isobel fit de même, un petit sourire aux lèvres.

— À Emily et à nous, Jake. Je suis sûre que, grâce à toi, tout va bien se passer.

Réfléchir, et vite.

— Crois-tu que vivre en ville soit sain pour un bébé de six mois ?

— Que veux-tu dire ?

— La pollution urbaine. Même si Stefan vous escorte à Hyde Park, la petite va respirer les gaz d'échappement.

— Tu crois ?

— J'en suis sûr. Et puis, suppose que Martin apprenne de la bouche de Caro qu'Emily est ici, à l'hôtel Cartwright

Mayfair. Suppose que Martin déjoue la surveillance de mes gardes et parvienne à kidnapper l'enfant, son enfant ?

La panique se lut sur le beau visage d'Isobel.

— Je n'y avais pas pensé.

— Moi, si. Et j'estime que la meilleure des solutions serait de passer quelques jours à la campagne, hors d'atteinte de Martin.

Isobel parut songeuse.

— Et que suggères-tu ?

— Je connais une région où nous serions à l'abri, proche d'Oxford, la ville universitaire.

— Quelle région ?

— Les Cotswolds, un endroit verdoyant où j'ai déjà séjourné. Nous y serions en sécurité, toi, moi et la petite.

Après avoir réfléchi, Isobel reprit la parole.

— Tu as déjà fait beaucoup, Jake, et j'aurais des scrupules à te mettre de nouveau à contribution.

— Je ne demande qu'à vous aider, toi, Caro et la petite.

— C'est très généreux, mais Emily et moi pouvons aller seules à la campagne, ou peut-être nous faire accompagner de Stefan, au cas où.

Qu'Isobel envisage de se passer de lui le blessa autant dans son orgueil que dans les sentiments qu'il ressentait encore pour cette femme surgie du passé.

Il la défia du regard.

— Pas question que je vous laisse aller seules là-bas même si Stefan vous accompagne. Et pourquoi tiens-tu tant à me tenir à l'écart ? À cause de cette stupide histoire vieille de six ans ?

Le rouge monta aux joues d'Isobel.

— Oui, si tu veux savoir. Oui, je redoute de vivre pendant quelques jours dans une maison, à la campagne, sous le même toit qu'un homme qui m'a trahie naguère.

— Qui t'a trahie ? Je t'ai toujours affirmé le contraire.

— Et je ne t'ai pas cru, Jake.

Que dire pour convaincre une telle obstinée ?

— Six ans se sont écoulés, Isobel.

Ce regard de reproches sur lui…

— J'ai la mémoire longue, Jake. Au risque de te blesser, sache que je ne tiens pas à ta compagnie, même si, bien sûr, tu as toute ma reconnaissance pour aider Caro et pour accepter de veiller sur Emily.

Quelle entêtée !

Il n'était coupable de rien, n'avait pas couché, cette fameuse nuit, avec la perfide Anna, et ne comprenait toujours pas la décision de rompre prise alors par Isobel.

Tant qu'elle n'aura pas la preuve de son erreur, tu n'auras aucune chance de faire entendre ta vérité.

Bien des années plus tôt, ses parents s'étaient comportés envers lui avec une désinvolture, un manque d'amour et de générosité qui l'incitaient aujourd'hui à faire la part des choses. Et si sa peur de l'abandon était toujours vivace, il se devait d'être patient avec cette ex qui continuait de le prendre pour un menteur de la pire espèce.

Sois philosophe, Jake. Gagne en sagesse…

— Très bien, alors que suggères-tu ? Je ne vais quand même pas me prétendre coupable pour te faire plaisir.

Isobel eut un haussement d'épaule.

— Tant que l'affaire ne sera pas éclaircie, je continuerai de me poser les mêmes questions qu'il y a six ans. Je veux la vérité, Jake, et je veux surtout comprendre comment tu as pu me tromper avec cette… cette fille, alors que nous nous entendions si bien, toi et moi.

Maîtriser sa colère ne fut pas facile.

— Alors le doute ne t'effleure toujours pas ? À tes yeux, je suis toujours coupable ?

Ce regard serein, presque insultant…

— Les faits parlent d'eux-mêmes. C'est bien de chez toi que j'ai vu sortir Anna, cette fameuse nuit.

Tenter de se disculper servirait-il à quelque chose ?

— Je t'assure que je n'y étais pour rien et qu'Anna et moi n'avons pas couché ensemble. Je le jure sur ce que j'ai de plus précieux.

Pour la première fois depuis leurs retrouvailles, il lui sembla qu'Isobel commençait, peut-être enfin, à se demander s'il ne disait pas la vérité.

— Les apparences…

— Justement, dit-il avec fougue, ces apparences sont trompeuses et t'induisent, depuis six ans, en erreur. Je te supplie de me faire confiance, Isobel, de me donner une chance de démontrer ma bonne foi.

— Que veux-tu dire ?

— Emily est désormais notre préoccupation. Laisse-moi te prouver que je sais m'occuper de son bien-être, du tien aussi, et qu'il est temps de tirer un trait sur le passé. Six ans nous ont changés, nous ne sommes plus exactement les mêmes qu'à l'époque et nous avons droit à une seconde chance.

L'avait-il ébranlée ?

— J'aimerais te croire, Jake, mais les apparences sont contre toi, reconnais-le. Et pour tirer un trait, encore faudrait-il que je sache *une fois pour toutes* la vérité sur cette affaire.

Encore !

— La vérité ? Mais tu la connais déjà, Isobel, puisque je ne cesse de jurer que je suis innocent. Qu'y puis-je si cette peste d'Anna m'a piégé, cette nuit-là, en te faisant croire ensuite qu'elle sortait de mon lit ?

Isobel le défia du regard.

— D'accord pour une cohabitation de quelques jours

mais n'espère pas pour autant me voir changer d'avis, en tout cas pas si vite.

Pas question de se laisser faire sans réagir.

— Que fais-tu de la présomption d'innocence ? demanda-t-il. Parfois, je me demande si ta partialité à mon égard n'aurait pas une autre raison d'être. À ta place, je me donnerais la peine d'y réfléchir.

Y réfléchir ?

Isobel s'y employait depuis que le destin - Caro et Emily, en fait - l'avait confrontée une fois de plus à un passé qu'elle détestait.

— Tu ne finis pas ton assiette ? demanda Jake.

— Désolée mais je n'ai plus faim. Ce poisson était excellent.

— Tant mieux.

Les yeux si bleus, si francs, de Jake pouvaient-ils cacher une âme vile ? Et si c'était le cas, Jake aurait-il accepté d'aider Caro, de prendre en charge un bébé de six mois qu'il ne connaissait ni d'Ève ni d'Adam ?

Peut-être fais-tu fausse route, ma fille ? Peut-être qu'en effet Anna a menti pour compromettre Jake, pour se venger aussi de toi…

Anna !

Celle qui avait été la petite amie de Jake, et qu'elle avait tout d'abord détrôné dans le cœur de ce dernier, aurait-elle eu la perfidie de mentir ?

« Que fais-tu de la présomption d'innocence ? Parfois, je me demande si ta partialité à mon égard n'aurait pas une autre raison d'être », avait insinué Jake.

— Eh bien, déclara ce dernier en repoussant son assiette vide, acceptes-tu ou non ma proposition de nous mettre au vert, à la campagne ?

Une gorgée d'eau l'aida à rassembler ses esprits.

— J'accepte, Jake, car il en va de la sécurité d'Emily.

— Seulement de sa sécurité ?

— En réalité, je mets aussi dans la balance la possibilité que tu puisses être innocent.

— Ah, tout de même ! Finirais-tu par admettre qu'Anna a pu te mentir, il y a six ans ?

Isobel éprouvait toujours ce sentiment d'avoir été trompée, trahie. Mais aussi, et c'était nouveau, une espérance ténue se faisait jour en elle.

— En tout cas, je te laisse une chance de me le démontrer, déclara-t-elle non sans émotion.

— J'en prends note, dit Jake en souriant. Et tu sais, Isobel, tu es encore plus belle qu'autrefois. De quoi attiser mes regrets de t'avoir perdue.

Avec ses yeux bleus, ses muscles, sa beauté virile, quelle femme n'aurait pas trouvé Jake irrésistible ?

— Fixons des règles, si tu veux bien, dit-elle en s'obligeant à adopter un ton froid et impersonnel.

— Quelles règles ?

— Le bien-être et la sécurité d'Emily passeront avant tout. Pas de rappel du passé, pas de disputes entre nous quand nous serons tous les trois dans cette maison de campagne.

— C'est entendu.

— Bon, alors tant mieux. Néanmoins…

— Néanmoins ?

— Quand la petite sera couchée *et* endormie, rien ne nous empêchera d'avoir une vraie conversation, toi et moi.

— J'y compte bien, répondit Jake, serein.

Avait-elle perdu la tête ?

Pourquoi vouloir renouer avec le passé, coûte que coûte, plutôt que de se concentrer sur Emily et de patienter jusqu'à ce que Caro reprenne les choses en main ?

À trop tenter le diable, elle risquait fort de se retrouver tôt ou tard en enfer.

Jack fut réveillé par un bruit peu familier et qu'il mit du temps à identifier.

Un pleur de bébé !

Après avoir enfilé un jean, il se précipita dans la chambre voisine et découvrit Isobel qui, en chemise de nuit, berçait tendrement Emily.

— Ouf, j'ai eu peur, dit-il, soulagé. Que puis-je faire pour aider ?

Isobel lui sourit.

— Rien pour le moment. La petite a faim, voilà tout, et j'attends que le lait de son biberon refroidisse.

— Les instructions de Caro sont-elles assez claires ? demanda-t-il.

— Oh oui. Il faudra s'attendre à ce que notre petite chérie se réveille plusieurs fois par nuit.

Emily serra sa petite bouche adorable et émit une plainte

— Eh, tu es affamée ! dit Isobel à l'attention de la fillette.

Qu'elle se soit levée alors qu'il dormait encore lui donnait des remords.

— Tu aurais dû me réveiller, voyons !

— Je peux me débrouiller seule, répondit Isobel d'un ton prudent. Pourquoi ne retournes-tu pas te coucher ?

Il lui lança un regard plein de respect, de tendresse aussi.

— Parce que c'est à toi *et* à moi que Caro a confié le bébé, alors autant que je t'aide maintenant que je suis debout.

Elle lui sourit.

— Dans ce cas, prends donc Emily dans tes bras pendant que je m'occupe du biberon.

Lui qui ne s'était jamais marié et n'avait pas d'enfant se sentit perdu.

— Euh, mieux vaudrait que tu t'en charges pendant que *moi*, je préparerai son biberon.

L'expression d'Isobel se fit ironique.

— Eh bien, soit. Prends garde à la température du lait. Fais-en tomber quelques gouttes à l'intérieur de ton poignet pour vérifier qu'il n'est pas trop chaud.

Il suivit à la lettre les instructions puis remit le biberon à Isobel, qui plaça la tétine dans la petite bouche impatiente.

— Tu vois comme notre Emily est gloutonne !

Notre Emily !

— En effet.

Et quel touchant spectacle que celui de cette fillette serrant entre ses doigts minuscules un biberon qu'il avait préparé à son intention,

Isobel !

Après six années de silence, le destin le remettait en présence d'une femme qu'il n'avait jamais pu, jamais voulu oublier, et qui continuait de lui plaire et de susciter son désir.

La lune était haute dans le ciel et sa lumière douce ciselait la silhouette d'Isobel, le galbe de sa poitrine dont il avait gardé un souvenir très vivace.

— Bois ton lait, mon ange, chantonnait-elle à l'attention d'Emily.

Ému, il songea à sa propre enfance, à cette mère qui l'avait abandonné quelques jours à peine après son premier cri, à ce père parti pour une longue croisière sans un regard pour lui.

Une fois qu'Emily eut bu son lait, Isobel fit faire à cette dernière un puis deux renvois discrets.

— On jurerait que tu as déjà eu des enfants, dit-il.

— La personne pour qui je travaille est mère d'une petite fille, Natalie, qu'il m'arrivait de garder quand celle-ci était encore bébé.

Pourquoi cette soudaine jalousie d'un passé qui ne le concernait plus depuis qu'Isobel et lui étaient séparés ?

— Dans le fond, je ne sais rien de toi, dit-il, pensif.

Il ne s'était jamais résigné à oublier la jeune femme rencontrée dans une pizzeria londonienne où elle était serveuse, et à qui, en vérité, il n'avait jamais posé de questions personnelles.

Au premier regard, cette jolie brune lui avait plu.

« Ne me dis pas que tu vas t'amouracher de cette serveuse », lui avait reproché Hugo, l'ami qui l'accompagnait ce jour-là et qui ne jurait que par les rallyes huppés de Mayfair et des quartiers chics de Londres.

Comme il ne répondait pas, Hugo avait critiqué le service, la qualité des pizzas, jusqu'à ce qu'Isobel, rouge de confusion et de colère, lui réponde vertement.

Il avait défendu Isobel contre Hugo et, de ce jour, la jeune serveuse et lui avaient commencé à sortir ensemble.

— C'est vrai que nous n'avons pas eu l'occasion de nous donner des nouvelles, déclara Isobel en berçant Emily qui s'endormait déjà. Sans doute veux-tu savoir comment j'en suis arrivée à devenir organisatrice d'événements ?

— Bien sûr.

— C'était après notre rupture. Travailler dans cette pizzeria me rappelait trop notre rencontre, alors j'ai démissionné et j'ai trouvé un emploi dans un hôtel.

— Quel genre d'emploi ?

— Serveuse au bar. Ensuite, j'ai été chargée du service en chambre, puis je suis devenue concierge, un poste intéressant qui réclamait de l'initiative.

— Combien de chambres dans cet hôtel ? demanda-t-il par pur réflexe professionnel.

— Oh ! une centaine. Un jour, une cliente, Clara, avec qui j'avais sympathisé et qui venait de fonder une petite société événementielle, m'a proposé de travailler pour elle et sa mère.

— Et tu as accepté…

— Pour une fois que la chance me souriait, je n'allais pas refuser, répondit Isobel.

Bien qu'ayant eu une relation suivie avec Isobel, la plupart des faits la concernant lui échappaient, et notamment ce qui touchait à son enfance. Tout ce qu'il avait appris, alors, était qu'elle avait perdu ses parents et vivait seule.

— Les relations sont-elles bonnes entre Clara et toi ?

— Nous nous complétons à merveille. Je lui fais confiance car elle ne manque pas d'expérience et m'a aidée à m'affirmer.

Un sourire.

— Au début, quand Nat était tout bébé, Clara l'emmenait au bureau dans son berceau. Alors, bien sûr, je n'ai pas tardé à tomber sous le charme de ce bébé.

— Et tu as appris à donner le biberon…

Isobel s'anima.

— Oui, et à la changer aussi ! Je me suis habituée à sa présence et j'ai aimé la voir grandir.

— Ça me rappelle un peu la façon dont mon grand-père, Joseph Cartwright, a réagi à ma naissance. Lui aussi m'emmenait avec lui à ses réunions de travail.

Jusqu'à l'âge de six ans, il avait vécu heureux avec grand-père Joseph, il avait cru que ce dernier l'aimait et, bien sûr, il avait pleuré sa mort jusqu'à ce que sa mère lui fasse certaines révélations.

Celle-ci, bouleversée de le revoir après si longtemps, lui avait affirmé que Charles n'avait alors aucune intention de se marier ou de devenir père, et qu'il avait finalement cédé sous la pression de Joseph Cartwright.

D'après sa mère, Joseph Cartwright avait exigé de son fils Charles un héritier sous peine de le priver d'héritage et même, semblait-il, de lui couper les vivres. « Soit tu me donnes un héritier, soit je te dépossède de tout ce qui m'appartient. »

En échange d'une aide financière, sa mère avait accepté de donner un enfant à Charles, puis de disparaître.

Ce jour-là, celui de ses dix-huit ans, Jake avait enfin compris que jamais Joseph, son cher grand-père, n'avait eu le moindre sentiment pour lui.

Aux yeux de ce grand-père, sa seule raison d'être était de suppléer les défaillances de Charles, qui s'intéressait trop peu à l'avenir du groupe et préférait vivre sa vie loin de Londres.

Si sa déconvenue avait été terrible, Jake avait tenu à devenir un rouage important dans le groupe Cartwright et son ambition depuis lors n'avait cessé de croître.

Isobel l'avait écouté parler et, à présent, il lui semblait que le regard qu'elle portait sur lui était plus indulgent, presque affectueux.

— Pourquoi ne pas m'avoir mise dans la confidence quand nous nous sommes connus ? demanda-t-elle.

— Disons que j'étais pudique.

Avait-il changé, du reste ?

Isobel sourit.

— Si je l'avais su, peut-être aurais-je eu une autre réaction que celle qui devait nous conduire à la rupture. Mais rien n'est moins sûr car je persiste à ne pas te croire.

Relancer le débat n'aurait servi à rien sinon à envenimer les choses, aussi changea-t-il de sujet.

— Donc, toi et Clara, vous êtes presque des amies ?

— Grâce à Natalie. Et aujourd'hui, j'ai réalisé l'un de mes rêves en devenant l'associée de Clara et de sa mère.

— Car tu as plusieurs rêves ?

— J'en ai au moins un autre, oui.

— Et puis-je savoir lequel ?

— Acheter une maison, avoir un endroit bien à moi avec, si possible, un petit jardin.

— Rien d'irréalisable.

— En effet, pour peu que j'aie un apport financier suffisant, répondit Isobel. Et si la maison est assez grande, je pourrai louer une ou même deux pièces à des étudiantes.

— Une idée brillante, dit-il avec sincérité, car un double loyer te permettra de rembourser une partie de ton emprunt.

Après un regard attendri à Emily, Isobel le fixa avec méfiance.

— Mes projets doivent te paraître bien étriqués.

— Tu te trompes.

— Vraiment ? Et pourtant, tu diriges des centaines d'employés, ce qui ne risque pas de m'arriver un jour.

Il réprima son agacement.

— Grâce à moi et aux Cartwright, ces employés ont un salaire. Mais là n'est pas la question ; pour l'heure, celle qui compte c'est toi, et toi seule. Et aussi Emily, bien sûr.

Isobel eut une moue.

— Oui, sans doute, mais demain ou dans dix jours, tu reprendras ta place dans le système Cartwright et, moi, je n'existerai plus.

— Bien sûr que si ! Ton avenir m'importe beaucoup et je te souhaite de réussir dans ton partenariat avec Clara et sa mère.

Isobel hocha la tête.

— Qui sait ! Et, en ce qui te concerne, je n'ai pas de souci à me faire, n'est-ce pas ?

— Crois-tu ? Mais j'ai dû faire mes preuves, Isobel, comme tout un chacun. Et avant d'occuper un poste de directeur, je me suis frotté à tous les métiers de l'hôtellerie, jusqu'au plus humble.

Le regard sceptique d'Isobel l'incita aux confidences.

— Peut-être devrais-tu d'abord entendre mon histoire…

Son mentor d'alors avait été Marcus Elderflower, propriétaire d'une petite chaîne d'hôtels, précisément dans la région des Cotswolds, là où il comptait emmener Isobel et Emily.

Marcus lui avait jeté un balai entre les mains en lui disant de nettoyer le hall de l'hôtel, puis les couloirs et les communs.

Après le balayage, il s'était occupé du nettoyage des vitres puis du service en chambre, avant de se voir confier la conduite des limousines qui allaient chercher les riches clients à l'aéroport.

Son métier d'hôtelier, il l'avait durement appris.

Parfois, Marcus le renvoyait à la plonge ou au nettoyage des chambres, de quoi rester en contact permanent avec le petit personnel, une leçon qu'il n'oublierait jamais.

Les yeux noisette d'Isobel s'illuminèrent.

— Tu m'étonnes, Jake ! Quand je t'ai connu, tu étais ambitieux, déterminé à devenir très riche. T'imaginer un balai à la main ne me serait pas venu à l'esprit.

Six ans plus tôt, dans l'affaire « Anna », c'était aussi à une conclusion hâtive qu'elle avait abouti.

— Il n'est pas bon de juger trop hâtivement, déclara-t-il non sans arrière-pensée. En tout cas, aujourd'hui, je sais exactement de quelle façon j'entends diriger l'empire Cartwright, du moins si j'obtiens la majorité lors de la prochaine assemblée.

— Ton père compte te mettre des bâtons dans les roues ?

Un soupir lui échappa.

— Au début, quoi que je fasse, quoi que je suggère, mon père m'approuvait et me lâchait la bride. Mais, depuis quelques années, il s'oppose systématiquement à toutes mes suggestions.

— Vraiment ?

— Oui, au point que j'y vois de sa part l'envie de m'anéantir, déclara-t-il avec colère.

Des bribes de conversation avec Charles Cartwright lui revinrent en mémoire.

« Arrête de vouloir à tout prix réussir, fils. Cesse de lorgner la direction générale du groupe et prends plutôt le temps de vivre. Je ne sais pas, moi, paie-toi donc un yacht, ou deux… »

L'insouciance paternelle l'avait choqué. « Tout le monde n'est pas comme toi, papa, s'était-il écrié. Tu ne songes qu'à prendre du bon temps, moi aussi j'aime m'amuser mais ça ne m'empêche pas de travailler. »

Alors que son père rechignait à se rendre aux assemblées générales et aux conseils d'administration, préférant privilégier ses vacances et ses liaisons avec des starlettes, Jake quant à lui n'avait cessé d'emmagasiner de l'expérience et de choisir des collaborateurs de confiance.

Quatre ans d'apprentissage lui avaient donné une solide connaissance de la profession.

La goutte d'eau qui avait fait déborder le vase avait été, quelques mois plus tôt, le refus affiché de son père de le voir accéder un jour à la direction générale. C'est pourquoi Jake était fermement décidé à le destituer de son poste à la prochaine assemblée.

— Contrairement à ce que j'espérais, mon père ne s'est jamais intéressé à la destinée de notre groupe, conclut-il amèrement.

— Et que comptes-tu faire, désormais ? demanda Isobel.

— Renforcer ma position au sein de l'empire Cartwright. Imposer ma gestion en ralliant à mes vues les actionnaires minoritaires. Si mon père l'avait voulu, nous aurions pu travailler ensemble, mais j'ai enfin compris que je ne devais plus compter sur lui.

— En quoi vos idées diffèrent-elles tant que ça ? demanda Isobel.

Il prit le temps de réfléchir.

— Mon père peut se montrer dur, cassant, avec les subordonnés, et du moment qu'il gagne de l'argent et peut partir vers des îles lointaines, le sort du personnel n'a aucune importance à ses yeux. Moi, après mon apprentissage, j'ai toujours considéré chaque employé comme une personne digne d'estime.

— Stefan, par exemple, qui semble t'être très dévoué ?

— Oui, et aussi Maria, Roberto et tant d'autres, tous ces gens que mon père a toujours sciemment ignorés.

L'intérêt visible d'Isobel pour ses propos, l'appréciation qu'il lisait dans son regard lui rappelèrent leurs premières rencontres, le bonheur qu'ils avaient alors à se voir, le désir qu'ils éprouvaient l'un pour l'autre et qui se concluait en apothéose au creux des draps.

Ce soir, comme par miracle, le désir était toujours présent, palpable, pas même entravé par la présence dans les bras d'Isobel de la petite Emily endormie.

— Alors, dit Isobel, le sort de tes employés t'importe vraiment ?

— Mais oui. Et si j'ai pu te paraître prétentieux et distant, il y a six ans, sache que j'ai changé sur ce plan-là.

Dans la lumière pâle de la pleine lune, le visage d'Isobel s'empourpra et il ressentit pour elle une pulsion qui lui fit revivre cette première nuit avec elle, lorsqu'ils avaient tout à découvrir l'un de l'autre.

— Jake…

— Isobel, si tu savais combien…

La petite plainte d'Emily rompit la magie du moment.

— Je… Il faut que j'aille la coucher, dit Isobel en se levant.

— Bien sûr. Alors à demain, au petit déjeuner.

Ils échangèrent un dernier regard avant de se quitter.

Isobel et lui pourraient-ils jamais réparer les erreurs du passé ? se demanda Jake en regagnant sa chambre.

4

Une plainte d'Emily la réveilla.

6 h 30…

— J'arrive, mon ange ! dit-elle au bébé qui, ouvrant et fermant ses minuscules mains, lui sourit du fond de son berceau.

Elle parcourut du regard la salle de bains avec sa baignoire-piscine-jacuzzi.

Partout, du marbre blanc, des appliques dorées, une profusion de parfums et de crèmes, sans oublier les serviettes par dizaines. Et dans chaque angle, une chaise en osier avec son coussin en velours.

Quel luxe !

Elle huma avec délice la touche magique des bougies parfumées…

Une fois prête, elle s'empressa de rejoindre Emily qui l'accueillit avec un cri de joie.

Lingettes, crème, talc…

Une fois son petit derrière rose enveloppé d'une couche toute neuve, Emily agita les jambes avec des gloussements satisfaits.

— Et maintenant, allons voir si ton « papa » est réveillé.

Elle prit la petite dans ses bras et gagna la chambre voisine où elle trouva Jake installé devant son ordinateur.

Elle retint son souffle, subjuguée. Quel charme viril se dégageait de cet homme !

Tu joues avec le feu, Iz, le sais-tu ?

Jake lui sourit.

— Bonjour ! La petite a bien dormi ?

— Très bien.

Ces yeux bleus lui rappelaient tant de souvenirs…

— Dans ce cas, je me charge de préparer son biberon.

— Je t'accompagne, dit Isobel non sans émotion.

Elle le regarda réchauffer le lait dans un appareil adapté.

— Maria me l'a prêté hier, précisa-t-il. Elle a aussi apporté des jouets et Stefan m'a remis un porte-bébé très pratique.

Un chauffe-biberon, des jouets, un porte-bébé…

— Quelle bonne idée ! Nous l'utiliserons chaque fois que nous aurons à sortir. Comme ça, Martin n'aura pas la possibilité d'enlever Emily.

— Oui, c'est ce que nous ferons.

Isobel réfléchit.

— Stefan et Marie ont l'air de t'être très attachés, n'est-ce pas ?

— Autant que je le suis envers eux. Ils travaillent pour moi, enfin, pour le groupe Cartwright, mais sans jamais cesser d'être à mes yeux des partenaires et non des subordonnés.

N'était-ce pas mot pour mot ce que Jake lui avait dit hier ? songea Isobel. De quoi l'inciter à lui faire confiance, y compris quand il se défendait de l'avoir trompée avec Anna, non ?

Une idée soudaine lui traversa l'esprit.

— Et si tu lui donnais le biberon toi-même ?

— Une autre fois, dit Jake. Et puis, j'ai commandé le petit déjeuner, il ne va pas tarder à nous être livré.

Elle n'insista pas.

Quand le room-service se manifesta, Jake fit disposer toasts, assiettes et cafetière sur la table.

— J'ai pensé que des œufs brouillés au bacon te plairaient, lui dit-il.

Ainsi, il n'avait pas oublié ses goûts !

— Je les adore, répondit-elle en prenant place autour de la table.

Avec un bruit de succion toujours plus rapide, Emily vint à bout de son biberon puis émit un léger rot.

— Elle est adorable, dit Jake entre deux bouchées.

Emily agita bras et jambes puis dévoila ses minuscules gencives.

— Même si c'est triste à dire, c'est une chance pour cette petite d'avoir vécu ses premiers mois sans être sous la tutelle de son père, dit Isobel, pensive.

Jake hocha la tête.

— Sans compter que Caro a pu accoucher sereinement.

— Oui, ça aussi, dit-elle tout en repensant à sa propre naissance.

Sa mère l'avait mise au monde dans la joie et ses premiers mois d'existence avaient été heureux.

Tout s'était déréglé quand son père, un être influençable et mal conseillé, avait accepté de faire la « mule » dans une affaire de contrebande.

Pris en étau entre deux gangs rivaux, il avait été tué et, par la suite, sa mère avait rencontré Simon.

Au moins, ce genre d'épreuve serait épargné à Emily. À condition que Caro ne succombe pas aux belles paroles de Martin…

— Isobel, tout va bien ? demanda Jake, interrompant ainsi le cours de ses pensées.

— Je pensais à Emily, si petite, si vulnérable. Je souhaite le meilleur pour elle, comprends-tu ?

— Bien sûr ! Moi aussi, je lui souhaite tout le bonheur

possible, répondit Jake avec ferveur. Du reste, dès que tu seras prête, nous partirons pour la campagne.

— Où nous serons en sécurité ?

Jake leva ses derniers doutes.

— Oui, encore plus qu'à Londres. Et crois-moi, celui qui fera du mal à cette petite n'est pas encore né.

Un peu plus tard, la limousine quitta l'autoroute et s'engagea sur une départementale.

— Nous serons bientôt arrivés, déclara Jake.

Silencieuse depuis le départ, Isobel se sentit soulagée d'approcher du but.

— Es-tu sûr de ne pas avoir été suivi ? demanda-t-elle.

— Certain, répondit Jake.

Elle le crut car, plus d'une fois, elle avait surpris ses regards dans le rétroviseur.

Rassurée, elle s'adossa à son siège et savoura la beauté de ce paysage vallonné et boisé, que coloraient des champs de colza et de luzerne.

Ils traversèrent des hameaux pittoresques où le temps semblait s'être arrêté. Puis, après avoir bifurqué, Jake engagea la limousine sur un chemin de gravillon aboutissant à une grille et, au-delà, à un ravissant cottage.

— Qu'en dis-tu ?

Flanquée d'un porche blanc, la demeure semblait tout droit sortie d'un conte de fées.

— Je crois rêver, dit Isobel, la bouche sèche, tant le lieu était romantique avec ses fenêtres à vitraux et ses coquelicots parsemant la pelouse.

Après avoir mis pied à terre, elle huma la senteur printanière puis pénétra dans le cottage en compagnie de Jake.

Doté de tout le confort moderne, le rez-de-chaussée était décoré avec un goût exquis, équipé d'une grande cuisine à l'ancienne, d'un bureau et d'un salon.

Cet endroit lui renvoyait-il l'illusion d'un bonheur possible avec Jake ?

— Crois-tu qu'Emily et toi, vous vous sentirez à l'aise ici ? demanda ce dernier.

— Oh oui !

Cesse de fantasmer, idiote !

— Les chambres à coucher se trouvent à l'étage, déclara Jake avec un geste vers l'escalier en chêne.

Sa chambre lui plut tout de suite.

— Tu as même pensé à faire installer un petit lit pour Emily ! s'exclama-t-elle.

— Bien sûr. J'ai appelé l'intendant ce matin et je lui ai donné mes consignes.

Aurait-elle oublié combien Jake était influent ?

— En tout cas, bravo !

Une fois Emily couchée pour sa sieste, et alors qu'elle reposait ses bras endoloris d'avoir porté l'enfant, Jake vint la rejoindre.

— Que dirais-tu d'une tasse de café ? Nous le boirons au jardin.

Son hésitation fut de courte durée.

— D'accord, dès qu'Emily sera endormie. Ici, au moins, elle ne risque rien, n'est-ce pas ?

— Rassure-toi, Emily est en sécurité.

La robustesse de la grille, à l'entrée de la propriété, l'en persuada.

Quinze minutes plus tard, Jake et elle savouraient leur café accompagné de scones, ces biscuits typiques, dans un cadre de verdure et de fleurs.

— Quel bonheur ! dit-elle.

— Heureux que tu sois heureuse, dit Jake en reposant sa tasse.

Elle quêta son regard, appréciant une fois de plus l'éclat tentateur de ses yeux bleus.

— Je ne voudrais pas passer pour une profiteuse. Aussi, si tu es d'accord, nous partagerons les frais occasionnés par la garde d'Emily.

Jake parut tomber des nues.

— Je ne te demande rien, voyons ! Ce que je fais, je le fais volontiers, tant pour Caro que pour son bébé.

Une mise au point s'imposait.

— Je comprends, dit Isobel, mais j'aimerais quand même apporter ma contribution car, après tout, c'est à nous deux que Caro a confié sa fille.

Une expression agacée passa brièvement sur le visage de Jake.

— Peu importe qui met la main au porte-monnaie, seul le résultat compte. Je te considère comme mon égale et tant pis si le destin a voulu que je sois plus riche que toi.

— Permets-moi d'insister. Comme je le fais avec Clara, je compte bien mettre dans la balance ma participation financière.

— Je suis sûr que Clara te voit comme sa partenaire éclairée, dit Jake, et pas seulement comme une future associée.

— Tu es né riche, Jake, et moi je suis née pauvre, ce qui fait toute la différence entre nous. Avec Clara comme avec toi, je veux être sur un pied d'égalité, et c'est pourquoi je vais m'associer avec elle.

— Où est le problème ? Je ne suis pas le prince Charmant. Tu n'es pas Cendrillon.

Elle n'eut pas le cœur de rire.

— Depuis notre première rencontre, le fait que mes moyens sont limités a toujours été un handicap pour moi.

Jake posa sur elle un regard incisif.

— Quand nous sortions ensemble, tu refusais que je t'emmène dans des restaurants gastronomiques ou dans des endroits huppés.

— Eh oui ! Je tenais à payer ma part. Moitié-moitié.

— Sacrée Isobel.

Elle sentit la colère la gagner.

— C'est donc si difficile pour toi d'admettre ce que je suis, ce que je pense ? De ta part, j'espérais plus de finesse.

— Si j'ai de l'argent, je le dois à ma famille mais aussi à mon travail et ne compte pas sur moi pour m'en excuser. C'est à prendre ou à laisser…

S'ils avaient eu cette discussion lors de leur première rencontre, les choses auraient été plus claires entre eux.

Isobel sourit.

— Alors, comme ça, c'est à prendre ou à laisser ?

À nouveau elle tressaillit en sentant son regard posé sur elle.

— À prendre ou à laisser, Cendrillon ! déclara Jake en roulant des yeux faussement furibonds.

— Toi alors, quand tu te mêles d'être drôle ! dit-elle en éclatant de rire.

Ah, comme elle aurait aimé laisser libre cours au désir que lui inspirait cet homme qui n'était peut-être pas aussi coupable et menteur qu'elle avait voulu le croire.

Non seulement Jake était beau, viril, musclé et séduisant, mais dans son regard brillait cette flamme familière qui lui donnait des frissons et l'aurait presque poussée à effleurer d'un baiser sa joue légèrement ombrée par une barbe naissante.

— Si j'ai un regret, dit Jake, c'est de ne pas avoir compris plus tôt à quel point cette question d'argent pouvait te poser problème, Isobel.

Devait-elle encore exposer ses raisons ?

—Imagine-toi un instant pauvre et épris d'une femme très riche.

— Admettons.

— La femme en question n'est pas prête à renoncer à

son train de vie habituel. C'est elle qui règle la note dans les restaurants étoilés où elle te convie, elle qui t'habille de pied en cap à la dernière mode, sans oublier de t'offrir, après une nuit d'amour, des boutons de manchette en diamants.

Comme Jake se taisait, elle reprit :

— Tu ne dis rien ? Serais-tu choqué ?

Jake fit la grimace.

— Si j'étais pauvre, sans doute aurais-je du mal à me faire entretenir par une femme riche.

— Question de fierté ?

— Oui, et cependant…

— Cependant ?

— Eh bien, si cette femme était attachée à moi et si j'étais attaché à elle, je tenterais par tous les moyens d'ignorer cette différence de revenus entre nous afin de préserver ce que nous pourrions avoir à vivre l'un avec l'autre.

— Tiens ! s'écria Isobel d'un ton cassant. Et n'est-ce pas ce que, à ma façon, j'ai fait quand nous sortions ensemble ?

— Autant que je me souvienne, je t'ai plusieurs fois invitée dans l'un des meilleurs restaurants de Londres et…

Elle le coupa.

— Oui, mais chaque fois que je le pouvais, je suggérais une virée dans un petit restaurant de quartier en disant que je m'y sentirais plus à mon aise. Si tu fais le compte de nos sorties, admets que, la plupart du temps, je me suis arrangée pour que les dépenses occasionnées soient compatibles avec l'état de ma bourse.

Jake hocha la tête.

— Bon, d'accord, mais avoue que tu aurais pu t'y prendre de façon plus directe, être plus claire d'emblée plutôt qu'emprunter des voies détournées.

Ce fut à son tour d'y réfléchir.

Jake était franc, parfois impulsif, et il était possible qu'à l'époque la méfiance qu'elle affichait pour tout ce qui touchait à la richesse ait pu le déconcerter. Qui sait, peut-être était-ce cela qui l'avait poussé dans les bras d'une autre ? Anna en l'occurrence.

— Je n'ai jamais aimé le luxe pour le luxe et me suis toujours sentie plus à mon aise dans des endroits populaires, mais, quand nous nous sommes connus, je n'osais pas me montrer telle que j'étais vraiment.

— Pourquoi donc ?

Ses joues s'empourprèrent.

— Parce que j'étais jeune et incapable de faire la part des choses. Les restaurants à candélabres et chaises en velours m'impressionnaient encore, à l'époque.

Elle évoqua à voix haute un déjeuner où le maître d'hôtel s'était emparé, vaguement méprisant, de son manteau de mi- saison usagé qui devait lui durer tout l'hiver.

— Alors, il ne s'agissait pas seulement d'une question d'argent ? demanda Jake une fois qu'elle eut terminé.

— En effet, dit-elle non sans courage, car si tu veux tout savoir, j'avais honte d'être mal fagotée et issue d'un milieu modeste parmi cette clientèle bourgeoise.

— Quelle importance ! dit Jake avec véhémence. Tu avais du chic, du charme, et c'était toi que les hommes admiraient, pas tes habits.

Toucher la main de Jake lui fit l'effet d'un électrochoc.

— Tu es gentil mais, en vérité, je n'ai jamais trompé personne, ni dans ces restaurants huppés ni dans les yacht-parties où tu me conviais. Crois-moi, les gens que tu fréquentais n'étaient pas dupes une seconde…

Jake réagit d'un haussement de sourcils.

— Tu m'accompagnais, tu étais mon amie, et je t'assure qu'il n'y avait vraiment pas de quoi te sentir honteuse.

Elle risqua le tout pour le tout.

— Il ne s'agissait pas de honte, Jake, mais d'une question de milieu social. Tes amis nantis auraient préféré te voir au bras d'une duchesse ou d'une richissime héritière, et non flanqué d'une fille aussi insignifiante que moi.

Une expression de stupeur intense s'afficha sur le visage de Jake.

— Mais jamais, pas un instant, je ne t'ai considérée comme quelqu'un d'insignifiant, Isobel.

Elle aurait voulu en être sûre.

— Avoue qu'une fille comme moi faisait tache parmi les universitaires, les avocats et les chefs d'entreprise que tu fréquentais alors.

— Je me moquais de tes origines sociales ou de ton niveau d'études, répondit Jake. C'est toi qui me plaisais, pas ton compte en banque.

— Je te crois mais, vois-tu, le vrai problème était que moi, à l'inverse, je ne pouvais prétendre être ton égale sur aucun plan. Toi, tu avais fait des études, tu allais devenir l'héritier d'un empire hôtelier, et moi, ma foi…

— Toi ?

— Eh bien, je me sentais inférieure à toi, et à Anna aussi qui, sur bien des plans, te ressemblait. Que tu aies pu recoucher avec cette fille n'était pas pour m'étonner car elle correspondait à tes critères.

Jake serra les poings.

— Encore ? ! Combien de fois devrai-je te répéter qu'Anna était pour moi une ex à laquelle je n'accordais plus la moindre importance ?

Ses certitudes vacillèrent.

— Tu dis ça aujourd'hui, mais…

— Mais quoi, Iz ? Je t'assure que, cette nuit-là, je n'ai pas couché avec Anna. Souviens-toi combien tu me fascinais, combien j'étais fou de désir pour toi.

— De belles paroles…

— Te regarder était une joie, et te toucher le comble du bonheur. Ton odeur m'enivrait. Quand nous étions séparés, je pensais sans cesse à toi, j'imaginais déjà notre prochaine rencontre, ton souffle mêlé au mien…

Ah, comme elle aurait aimé ajouter foi à ces propos enthousiastes !

— Je suis sincère, Isobel. Tiens, pose ta main ici.

— Inutile.

— Si, fais ce que je dis.

Elle sentit son cœur battre sous sa paume.

— Oh ! Jake, alors c'est vrai ? Tu me désirais tant que ça quand nous étions ensemble ?

— Oui, Isobel, plus que n'importe quelle femme au monde.

Ce regard viril, ces beaux yeux posés sur elle et qui la scrutaient comme pour prolonger une histoire finalement pas révolue…

— Jake, Jake, moi aussi j'ai toujours pensé à toi, je ne t'ai jamais oublié.

— Isobel, viens dans mes bras !

— Non.

Idiote ! Qu'attends-tu pour l'embrasser puisque tu en meurs d'envie ?

— Viens, voyons…

Elle se rapprocha de lui.

Encore un pas, un seul, et Jake l'étreindrait. Elle lui offrirait ses lèvres pour sentir de nouveau son souffle en elle, sa bouche contre la sienne…

— J'ai envie de toi, dit-elle dans un murmure.

À la seconde où les bras de Jake se refermèrent sur elle, la plainte d'Emily fusa du capteur qu'elle portait à la ceinture et qui était relié au berceau du bébé.

— C'est Emily, dit-elle stupidement.

— En effet, répondit Jake d'un ton ironique.

Il lui fallait se dégager de son étreinte virile…

Reprendre le contrôle de ses sens.

— Je… Mieux vaut que j'aille voir si elle va bien. Et peut-être devrions-nous lui offrir une promenade, profiter du beau temps.

— Tu as raison, répondit Jake en souriant.

— As-tu une idée ?

— Oxford. Nous pourrons faire une promenade en bateau sur l'un des nombreux cours d'eau, et Emily sera ravie.

— Parfait.

De quoi se donner le temps de la réflexion, et refréner un peu ce désir qui les avait poussés l'un vers l'autre, un instant plus tôt.

5

Jake aida Isobel à grimper dans la petite embarcation qui allait leur permettre de sillonner, en toute sécurité, l'un des cours d'eau qui traversaient Oxford.

Bien protégée dans son porte-bébé, Emily manifesta sa surprise par de petits cris.

— Ça y est, vous voilà installées ? demanda-t-il.

Le contact entre leurs paumes fut un véritable électrochoc pour lui et la preuve, une fois de plus, qu'Isobel continuait de le faire rêver, et de toutes les façons possibles.

— Oui, tout va bien, répondit-elle.

Se détournait-elle de lui par pudeur ?

Ne tente pas le diable. Cesse donc d'imaginer un bonheur impossible.

Six ans plus tôt, le refus d'Isobel d'ajouter foi à ses explications s'était conclu par une séparation d'autant plus brutale qu'il ne s'y attendait pas.

Depuis, il avait tenté de l'oublier, mais sans y parvenir tout à fait.

Si, à l'époque de leur rupture, les accusations d'Isobel l'avaient rendu fou de rage, aujourd'hui il avait l'impression de mieux comprendre les raisons qui l'avaient poussée à croire à sa trahison.

Ne souffrait-elle pas du fait qu'il était riche et elle

pauvre ? N'avait-il pas manqué de discernement en insistant pour l'emmener dans des endroits huppés, ce à quoi elle ne tenait nullement ?

Et puis il y avait eu Anna, cette jeune et jolie bourgeoise sophistiquée… Elle avait sans doute été la goutte d'eau de trop dans sa relation avec Isobel qui, tout naturellement, avait pris pour argent comptant ce que cette garce lui avait raconté.

Aujourd'hui, il lui importait de mettre enfin les points sur les *i*, de se dédouaner d'une faute qu'il n'avait pas commise. Ensuite, il pourrait tirer un trait définitif sur sa relation avec Isobel.

Mais… avait-il tant envie que ça de mettre un terme à leurs retrouvailles inattendues ?

— Pourquoi cette mine satisfaite ? Que t'arrive-t-il donc ? lui demanda Isobel qui, enfin, daignait le regarder.

Souriante ou renfrognée, il était attaché à elle, indubitablement.

— Et pourquoi n'aurais-je pas l'air satisfait ? Il fait doux, le soleil brille, et cette rivière est de toute beauté. Et si je pédalais afin que toi et Emily puissiez profiter de cette minicroisière ?

— Bonne idée, répondit Isobel en réglant la sangle du porte-bébé d'Emily de façon que la fillette puisse admirer les reflets lumineux à la surface de l'eau.

Un petit cri jaillit de sa bouche.

— Qu'a-t-elle vu ? demanda Jake.

— Des insectes, et les reflets qui la fascinent car l'eau change de couleur, expliqua Isobel.

— Alors, n'avais-je pas raison de vouloir venir ici ?

— Si, répondit Isobel en lui adressant un petit sourire. Tu fais beaucoup pour nous, Jake, et jamais je ne l'oublierai.

Tandis que le pédalo suivait le cours de la rivière, Isobel montrait à Emily les beautés du paysage, les nuages roses dans le ciel bleu, la végétation environnante et mille autres détails.

— Oh ! là-bas ! dit Jake en désignant sur l'eau une succession de formes en mouvement.

— Des canards ! s'exclama Isobel.

— Des canetons, précisa-t-il. Ils sont au moins six et les parents les suivent.

Très excitée, Isobel prit Emily sur ses genoux afin de la surélever et de lui assurer le meilleur point de vue.

— Vois comme ils sont mignons ! l'entendit-il dire.

Et Emily gazouilla de plus belle.

— Nous aurons peut-être la chance d'apercevoir des cygnes et, qui sait, des martins-pêcheurs, déclara-t-il.

— Et des libellules ? demanda Isobel.

Il ne put retenir un sourire.

— Oui, des libellules également, à condition que nous nous approchions des berges. Et aussi des papillons qui, sûrement, plairont beaucoup à la petite.

Isobel lui lança un regard intrigué.

— Tu sembles très attaché à cette rivière.

— Il m'est souvent arrivé de la descendre en bateau, durant mon apprentissage chez Marcus et ses hôtels.

— Raconte !

— Marcus incitait ses employés à pratiquer les excursions locales afin de pouvoir renseigner la clientèle. Nous devions être capables de répondre aux questions qui nous seraient posées concernant la nature, le climat, les curiosités de la région et ainsi de suite.

Isobel lui lança un regard à la fois étonné, pensif et, lui sembla-t-il, admiratif.

— Cette méthode de travail te convenait-elle ?

— Avec le temps, j'ai compris que Marcus avait raison de vouloir impliquer le personnel afin de mieux satisfaire la clientèle, d'autant qu'il nous rétribuait en conséquence.

— Et c'est pourquoi tu as décidé d'appliquer la formule à la chaîne d'hôtels Cartwright ?

— Oui, avec quelques adaptations nécessaires, et contre la volonté de mon père qui est attaché aux méthodes traditionnelles. Je tiens à ce que le personnel soit toujours à l'écoute des clients et apprenne à les conseiller, qu'il s'agisse d'une soirée à l'opéra ou d'une excursion à Hyde Park. Cartwright doit être une hôtellerie d'excellence, en toutes circonstances.

— Quel orateur tu fais !

L'ironie du propos lui arracha un sourire.

— Oui, moque-toi ! Mais, contrairement aux apparences, je n'ai rien d'un politicien en campagne.

— Sérieusement, Jake, j'aime tes idées, et ta méthode est la bonne. Impliquer le personnel ne peut qu'être bénéfique pour les deux parties, la clientèle et la direction.

La sincérité d'Isobel le convainquit, si besoin était, du bien-fondé de la méthode de management qu'il comptait promouvoir lors de la prochaine assemblée des actionnaires.

Et tant pis si, comme à son habitude, son père votait contre lui.

Depuis quatre ans qu'il s'échinait à moderniser le groupe, à en dépoussiérer la gestion, son père n'avait eu de cesse de lui mettre des bâtons dans les roues, de le freiner dans toutes ses initiatives et ce, sans jamais s'expliquer franchement sur ses réticences.

Un jour, tout de même, Jake lui avait posé la question.

— Enfin, papa, pourquoi te bas-tu ainsi contre moi ? Pourquoi refuses-tu tout ce que je peux apporter au groupe ? N'est-ce pas un peu comme te tirer une balle dans le pied ?

Son père l'avait fixé de son œil bleu, froid, presque indifférent.

— Je préfère que les choses restent telles qu'elles sont, fils, et rien ne me fera jamais changer d'avis.

Et, à son grand regret, la conversation ne s'était pas prolongée.

Que redoutait donc son père en l'empêchant d'innover ? Qu'il engage le groupe sur des voies périlleuses, que le chiffre d'affaires s'effondre et qu'un jour, lui, Charles Cartwright, ait à réduire son train de vie fastueux ?

Charles et ses croisières !

Charles et ses vacances dorées sur des plages lointaines, avec l'une ou l'autre de ses nombreuses femmes-trophées, mannequins ou starlettes.

Ce vote systématique contre lui l'avait blessé en profondeur, au point qu'il en était venu à haïr cet homme qui n'avait procréé que pour satisfaire son propre père, Joseph, dont le seul désir était d'avoir un héritier.

Dans une semaine aurait lieu un nouveau vote des actionnaires, et cette fois il comptait bien avoir la majorité pour faire aboutir ses projets.

Alors qu'il aurait dû se réjouir du moment présent, tout ce qu'il ressentait était une profonde mélancolie à porter le fer contre ce père dont il aurait tant voulu être aimé.

Il ne s'est jamais soucié de toi, jamais. Pas plus que ton grand-père, cet homme en qui tu avais confiance et qui lui aussi agissait par intérêt et ne voulait un petit-fils que pour assurer la pérennité du groupe Cartwright…

Le cri amusé d'Emily le tira de ses réflexions et la joie visible de la fillette qui regardait, fascinée, défiler l'eau de part et d'autre des flotteurs du bateau, lui rappela sa propre enfance sous l'égide d'un grand-père qu'il avait cru - à tort - aimant et attentionné.

— N'est-elle pas mignonne, cette petite puce ? demanda alors Isobel.

— Très. J'avoue que je commence à m'attacher à elle.

— Et moi donc ! répondit Isobel. As-tu déjà pensé à fonder une famille ?

Ni mariage ni enfant… Le travail avant tout.

Pédaler l'aida à réfléchir.

— À vrai dire, non. Depuis deux ans, je n'ai eu aucune relation suivie, ce qui me convient fort bien. Quand une fille me plaît et que je lui plais, alors nous convenons d'être ensemble pour quelques jours et c'est tout.

Sa réponse n'eut pas l'heur de plaire à Isobel.

— Je vois ! Caviar, champagne et puis, hop, conclusion au lit, dans une hostellerie romantique dédiée à ce genre de rencontres…

— Ma proposition est honnête. Si la fille n'est pas intéressée, elle a tout loisir de repartir sans m'avoir rien donné en échange.

Le regard d'Isobel se chargea de réprobation.

— Tu reproches à ton père d'être un séducteur, de passer sa vie en croisières, mais n'est-ce pas un peu ce que tu fais aussi ?

— Pas du tout ! Mon père accumule les trophées alors que, moi, j'engage une relation sincère avec celles qui me plaisent et qui veulent bien de moi.

— Une relation sincère ?

— Basée sur la confiance, et l'intérêt réciproque. Parfois, la rencontre est agréable, parfois même surprenante, et quand nous nous quittons, nous sommes tous les deux contents.

Il eut une pensée pour ce père aux poches trouées, toujours prêt à payer pour avoir à son bras les plus jolies filles, toujours disposé à offrir à ses conquêtes bijoux, chaussures de luxe, manteaux de vison, sans oublier les montres hors de prix d'un grand bijoutier parisien.

Avec ses tempes grisonnantes, son bronzage aux UV et ce sourire perpétuel de play-boy vieillissant, ce que son père cherchait, c'était l'illusion d'un bonheur factice, et ça, en aucun cas, Jake ne le voulait pour lui.

— Mais enfin, Jake, qu'entends-tu donc par « relation sincère » ? insista Isobel.

Il n'eut pas l'ombre d'une hésitation.

— En fait, je parle de tout ce qui peut nous rendre heureux, ma partenaire et moi. Un week-end de ski nautique, un séjour au Mexique, une croisière autour des côtes de la Floride.

— En somme, c'est à la carte. Et si tout se passe bien, à la fin du séjour, ta belle a droit à un bonus si sa performance est jugée satisfaisante ?

Isobel s'était exprimée avec un ton de colère rentrée mais, sans la présence d'Emily et l'écho de ses petits cris émerveillés, nul doute qu'elle aurait été plus véhémente encore.

— En quoi offrir à une partenaire qu'on estime un beau week-end au soleil serait-il indigne de moi ?

— Parce que tu achètes les femmes exactement comme ton père le fait, quoique de façon plus subtile, répondit Isobel.

Se maîtriser lui demanda un effort.

— Ne me compare pas à mon père. Certes, il y a des femmes qu'on achète mais ce n'est pas le cas de celles avec qui j'aime sortir. Crois-moi, je plais encore assez pour séduire sans avoir à mettre la main au portefeuille.

— Celles que tu emmènes en week-end seraient donc désintéressées ?

— Nous avons envie d'être ensemble, voilà tout, et j'ai bien le droit de leur faire quelques cadeaux.

Le regard d'Isobel exprimait le doute

— Un échange de bons procédés en quelque sorte…

— Une relation bien comprise et sans complications inutiles. Pas d'imbroglio sentimental, la liberté d'esprit en sus, et la certitude d'être dispos pour le travail, une fois le week-end terminé.

Contrairement à son père qui se contentait de vivre avec

l'argent de Joseph, lui comptait bien assurer l'avenir du groupe Cartwright et y imprimer sa marque et ses idées les plus novatrices.

Isobel poussa un soupir.

— Donc, d'après toi, une relation vraie et suivie entre un homme et une femme ferait obstacle à la réussite professionnelle ?

— « Obstacle » est un bien grand mot, mais en ce qui me concerne, oui, je ne veux pas mentir à ma partenaire et prétendre qu'elle pourrait occuper la première place dans ma vie alors que, pour moi, rien ne compte davantage que Cartwright et l'avenir de ce groupe.

Le regard d'Isobel exprimait la déception.

— Quand nous nous sommes connus, Jake…

— Oui ?

— Qui étais-je, pour toi ? Une fille d'un week-end ? d'une saison ?

— Sûrement pas.

Il disait vrai car son intransigeance concernant les relations avec les femmes datait d'après leur rupture

— Sois clair, Jake ! Qui étais-je alors, pour toi ?

Celle pour qui il avait éprouvé le fameux coup de foudre et qui avait occupé chacune de ses pensées… jusqu'à ce regrettable malentendu.

— Quelqu'un qui comptait beaucoup, dit-il avec un soupir.

Dès le premier regard, il était tombé amoureux de la jolie serveuse brune et avait pris sa défense contre Hugo, qui n'avait pas de mots assez durs pour elle.

Jamais encore il n'avait ressenti ces émotions, ces sentiments enflammés à l'égard d'une femme.

Isobel symbolisait la pureté, le renouveau après ses années de souffrance liées à ses désillusions familiales et à la découverte du double jeu de ce grand-père tant admiré.

Isobel lui avait redonné l'espoir, le goût du bonheur, et

avec elle, pour la première fois, il avait baissé sa garde et donné libre cours à ses sentiments les plus profonds.

L'amour !

Il y avait cru, oui, il aurait voulu fonder une famille, vivre heureux, dans une maison, avec sa belle à ses côtés, avec leurs enfants, et puis…

Et puis, il y avait eu cette fameuse nuit, sa mise en accusation par une Isobel folle de colère qui refusait de le croire quand il affirmait ne pas l'avoir trompée.

Tout comme son père et son grand-père avant elle, Isobel l'avait trahi, l'accablant de reproches injustifiés sans jamais vouloir écouter ses explications.

— Si je comptais pour toi, reprit Isobel, pourquoi m'avoir trompée avec Anna ?

Encore !

Tel le serpent se mordant la queue…

— Nous en reparlerons une autre fois, veux-tu ? Regarde, là-bas, sur la rive gauche, cette sympathique guinguette.

— Tu changes de sujet !

— J'ai faim et je suis sûr que, de ton côté, tu aimerais te restaurer.

Isobel ne souleva plus d'objections et il dirigea leur esquif jusqu'au petit débarcadère.

Enfin un moment de répit !

Isobel faisait face à Jake sous une tonnelle couverte de glycine, à deux pas d'un saule pleureur penché sur la rivière.

Pendant qu'Emily s'intéressait aux oiseaux qui se posaient ici et là, elle goûta cette tranquillité printanière à peine troublée par le murmure de l'eau.

— L'endroit te convient ? s'enquit Jake.

— C'est parfait.

Le serveur, efficace et poli, apporta bientôt leurs plats :

un steak pour Jake et, pour elle, une salade de crevettes qui la mit en appétit.

— Délicieux, dit-elle après la première bouchée.

Ah, si seulement le temps avait pu s'immobiliser et que Jake soit resté éternellement cet homme souriant et galant !

Et quel bonheur d'être avec lui, avec Emily, dans ce décor de rêve…

— Dis-moi, et si tu me racontais un peu ta vie, à présent ? demanda Jake en reposant sa fourchette.

D'un coup d'œil, elle s'assura qu'Emily ne manquait de rien.

— Que veux-tu savoir, au juste ?

— As-tu actuellement une relation avec un homme ?

Une question directe bien dans le style de Jake, mais signifiait-elle autre chose qu'une simple curiosité de sa part ?

— Oh ! tu sais, sur ce point-là nous nous ressemblons, toi et moi, car je fais passer mon métier avant tout.

— Comment dois-je le comprendre ?

— Je n'ai pas vraiment de temps à consacrer à une relation sérieuse avec un homme, répondit-elle. Et puis, être seule, décider seule de ce que je veux faire le week-end, me convient parfaitement.

Les yeux mi-clos, Jake l'observa.

— Tu es très belle, encore plus que quand nous nous sommes connus. Je doute que les hommes soient indifférents à ton charme.

— Ai-je dit qu'ils l'étaient ? Non, la vérité est que, pour le moment du moins, je me passe fort bien d'eux. Quand j'aurai enfin ma maison, un endroit bien à moi, et une sécurité financière, alors il en ira peut-être autrement.

Jamais elle ne laisserait quiconque prendre des décisions à sa place, lui faire du chantage affectif, ou la maltraiter comme l'avait été sa mère.

Délaissant son assiette, Jake joua avec de la mie de pain qu'il façonna en boulette.

— Et si tu rencontrais un homme et que vous partagiez la même attirance l'un pour l'autre, que ferais-tu ?

Elle ne put retenir un petit rire.

— Il y a bien peu de chances pour que ça se produise.

— Faisons comme si, Isobel. Donc, l'homme de tes rêves est là, devant toi. Il veut vivre avec toi. Il a tout pour lui. Que fais-tu ?

— Je n'y ai pas réfléchi, Jake.

— Eh bien, à ta place, je ne tarderais pas trop. Cet homme pourrait se lasser, comprends-tu ?

Ce regard appuyé contenait-il une mise en garde ?

— Pour le moment, la question ne se pose pas, répondit-elle. Et puis, je te l'ai dit, je veux d'abord une maison à moi, un endroit où je puisse m'épanouir.

— Une maison que tu partagerais avec cet homme ?

Une grimace lui échappa.

— Non, pas question.

— Mais pourquoi ?

Depuis Simon, depuis cette enfance traversée par les cris de sa mère recevant des coups sans oser les rendre, une pensée, une seule, l'habitait : avoir un jour un endroit où elle serait enfin en sécurité.

Un toit qui serait le sien.

Dans les familles d'accueil où elle avait séjourné, rien ne lui appartenait, pas même le papier de toilette.

Rien.

Elle était en visite, déplacée, à peine bonne pour occuper un petit lit, et encore par faveur.

Ces humiliations, jamais elle ne les oublierait.

— Pourquoi, Isobel ?

Se taire ?

Mentir ?

— Puisque tu insistes, parlons de moi, déclara-t-elle d'une voix un peu enrouée. Après la mort de mon père, ma mère s'est remariée avec un certain Simon qui la battait. L'Assistance publique m'a prise sous son aile, et je me suis retrouvée dans des familles pour qui je ne n'étais qu'un matricule.

— Continue.

— Au début, je rendais service, je me mettais en quatre pour ces gens qui étaient censés m'aimer et s'occuper de moi, et puis j'en ai eu assez.

— Assez ?

— J'ai compris que, pour eux, je serais toujours l'intruse, la pièce rapportée…

Elle s'interrompit quelques instants.

— Pour ces familles, je n'étais qu'une passante parmi d'autres. Des filles étaient venues là avant moi, avaient couché dans le lit que j'occupais, avaient sans doute utilisé la même serviette de table que celle qui m'avait été remise lors de mon arrivée

Elle eut un long regard en direction de Jake.

— Imagine ce que pouvait éprouver une fillette enlevée à sa mère et placée chez des inconnus par les services sociaux. Moi et les autres pupilles, nous pouvions être relogées du jour au lendemain dans une autre ville, dans une autre famille, exactement comme on change un meuble de place.

— Un meuble !

— Oui, enfin, c'est une image. Toujours est-il que mon rêve, et mon but aujourd'hui, est de devenir propriétaire de *ma* maison. La mienne, à jamais. Et d'y vivre heureuse, enfin. Alors, vois-tu, si jamais j'étais en couple, j'aurais toujours la crainte, en cas de séparation, de perdre mon toit.

Jake afficha une expression de stupeur.

— Je suis navré que tu aies tant souffert, Iz. Si j'avais pu t'aider, à l'époque, je l'aurais fait.

— Merci, dit-elle, émue.

Le comportement de sa mère, la façon dont celle-ci se laissait maltraiter par cette brute de Simon, lui servirait éternellement de garde-fou, d'exemple à ne pas suivre.

Sa mère…

Alors que Simon la battait, sa mère ne songeait qu'à pardonner à sa brute de mari, à lui trouver des circonstances atténuantes, sans compter les infidélités de cet être abject.

Cette dépendance affective, morale, sentimentale, sexuelle aussi sans doute, jamais elle ne se résignerait à en subir le joug, jamais elle n'accepterait, elle, par amour pour un homme, de perdre sa lucidité et de baisser la garde.

Jake s'éclaircit la gorge.

— Tous les hommes ne sont pas tels que tu les imagines, Isobel.

— Peut-être mais, en ce qui me concerne, jamais je ne renoncerai à mon indépendance matérielle. Une fois dans ma maison, il se pourrait que j'envisage d'avoir avec un homme une relation sérieuse.

— Vie commune ou chacun chez soi ?

Elle ne put s'empêcher de sourire.

— Tout dépendra des circonstances mais, bien sûr, je préférerais avoir ma maison et le savoir, lui, dans la sienne.

À la mimique de Jake, il était clair que sa conception du couple allait à l'encontre de la sienne.

— En somme, ton futur partenaire ne devra pas manifester de trop grandes exigences…

Que voulait donc dire Jake ?

— Mon choix se portera sur un homme gentil, séduisant, prêt à vivre une belle histoire et qui, jamais, ne m'imposera sa loi, répondit-elle.

Jake fit la grimace.

— Un homme-objet, donc. Presque du sur-mesure ?

Se sentir aussi mal comprise la mit en colère.

— Oh ! tu peux bien ironiser, toi ! Et puisqu'il faut tout te dire, oui, l'homme que j'attends devra être à mon goût, correspondre à mes critères, exactement comme les femmes que tu fréquentes et que tu ne veux ni envahissantes ni éprises d'amour fou.

— Une fois que vous vivrez chacun dans une maison, comment vous arrangerez-vous pour élever vos enfants ?

Un instant désarçonnée, Isobel jeta à Emily un regard attendri.

— Pour le moment, les enfants n'entrent pas en ligne de compte.

L'expression de surprise de Jake la contraignit à réfléchir une fois de plus à cette décision, prise il y a déjà longtemps, qui la différenciait de la plupart des femmes.

— Vois-tu…

Elle s'interrompit alors qu'elle allait évoquer leur rencontre, six ans plus tôt. Jamais elle n'oublierait cette confiance qu'elle avait mise en lui, puis la déception d'avoir été trahie, de constater que l'homme à qui elle avait donné son cœur, pouvait la tromper sans scrupules.

Un enfant de Jake, elle en aurait rêvé alors, avant cette fameuse nuit, mais, aujourd'hui, qu'en serait-il de leur fils ou de leur fille ?

— Qu'allais-tu dire ? demanda Jake avec un regard insistant.

L'idée d'être mère l'aurait séduite, certes, mais quelle responsabilité, quel pari sur l'avenir…

Naguère, alors qu'elle n'était qu'une âme perdue errant de foyer en foyer, elle avait surpris une conversation entre deux assistantes sociales qui parlaient d'elle.

— Pauvre fille ! avait dit la première.

Et la seconde de renchérir :

— C'est fou ce que sa mère lui a fait subir. Tu te rends compte si, à son tour, elle a des enfants. Avec un tel passé sur les épaules, je l'imagine mal les élever sans les faire souffrir…

Ce jugement, qui contenait une part de vérité, n'avait cessé de l'obséder et les propos de ces assistantes sociales s'étaient gravés à jamais en elle.

Qui pouvait dire, en effet, qu'elle ferait mieux que sa propre mère si jamais elle mettait au monde un enfant ?

Les statistiques étaient contre elle, à coup sûr, et la crainte de faire subir à sa fille, à son fils, ce qu'elle-même avait subi, l'effrayait avant même qu'elle ait tenté l'expérience.

Et l'hérédité qui la liait à jamais à une mère aussi peu exemplaire que la sienne était aussi de nature à lui faire craindre le pire.

Le pire, vraiment ?

En vérité, c'était de sa propre lâcheté qu'elle avait honte car, une fois adulte, elle n'avait pas hésité à abandonner sa mère à son triste sort.

— Eh bien ? fit Jake sans la quitter des yeux. Être mère ne te rendrait-il pas heureuse ?

Oh si ! Mais j'aurais peur de tout gâcher…

— La question ne se pose pas et ne se posera sans doute jamais.

Jake se frotta la joue.

— Ta douceur avec Emily, la façon dont tu sais t'occuper d'elle…

— J'ai pris l'habitude de materner Natalie, la fille de ma patronne.

— Tu vois bien que tu aimes les enfants !

— Ai-je dit le contraire ? Mais, quand je gardais Natalie durant la journée, j'étais satisfaite, le soir, de la rendre à sa mère et de reprendre ma liberté.

Les yeux de Jake la scrutèrent.

— Je ne te crois pas. Tu t'occupes d'Emily comme

le ferait une vraie maman, alors ne me dis pas que tu ne voudras pas un enfant, plus tard…

— Plus tard, peut-être, répondit-elle.

— Ah, tu vois ! Et quand nous nous sommes rencontrés, si ma mémoire est bonne, nous avons eu, un soir, une grande discussion à ce sujet.

Comment aurait-elle pu oublier !

— Si c'est un garçon, nous l'appellerons Tom, avait-elle dit.

— Et si c'est une fille ? avait demandé Jake.

— Diana me plairait bien…

L'aube se levait - de ça elle était sûre car, la veille, tous deux avaient oublié de tirer les rideaux de la chambre.

— Eh bien ? Tu ne dis plus rien ? lui avait demandé Jake en rapprochant son visage du sien.

— Je pensais à toi, à moi…

— Et alors ?

— Si nous avions une fille, avait-elle répondu, j'aimerais qu'elle ait tes yeux et ton sourire. Et tes cheveux blonds.

Ce rire masculin.

— Oh non, pas mes cheveux. Plutôt les tiens…

Cette main sur son bras, la caresse de ses doigts.

Six ans plus tard, que restait-il de ce doux échange ?

— Je n'ai pas oublié, dit-elle enfin, mais le temps n'est plus aux projets d'avenir… ni aux enfants.

La révélation de la trahison de Jake, cette fameuse nuit où elle avait surpris Anna sortant de chez lui, avait douché à jamais son enthousiasme.

— Vraiment ? Veux-tu me faire croire que tu n'as plus jamais songé à devenir mère ?

— C'est en effet ce qui s'est produit, dit-elle sans oser le regarder en face.

Un mensonge valait mieux qu'une demi-vérité qui aurait mis à nu sa vulnérabilité.

Vite, botter en touche.

— Et toi ? demanda-t-elle en raffermissant sa voix.

— Quoi, moi ?

— Tu n'as toujours pas d'enfant, n'est-ce pas ?

— Je veux être disponible pour mon fils ou ma fille et, pour le moment du moins, j'ai fort à faire à Cartwright.

Récemment, Jake n'avait-il pas évoqué cette mère qui l'avait abandonné, sans parler de ce père parti en croisière juste après sa naissance ?

— Je comprends, mais enfin, ne veux-tu pas assurer ta succession à la tête de l'empire Cartwright ?

— Qui te dit que mon enfant, fille ou garçon, aura envie de prendre ma succession ? Peut-être préférera-t-il faire de la musique, de l'archéologie, que sais-je… ?

À la façon dont Jake regardait Emily dormir, elle eut la certitude qu'il désirait avoir une progéniture, mais pas à n'importe quel prix, et surtout pas avec n'importe quelle femme.

Dénicherait-il un jour cette perle rare, celle qui saurait le comprendre, l'aimer, lui donner ces enfants dont, comme bien des hommes, il devait sûrement rêver en secret ?

— Peut-être seras-tu las, un jour, de tes liaisons en pointillé…

Jake eut un petit sourire.

— Je vois où tu veux en venir.

— Oui, n'est-ce pas ? Supposons que tu rencontres enfin la femme de tes rêves.

— La femme idéale ?

— Oui, mettons la femme idéale. Tu n'aurais plus aucune raison de ne pas avoir d'enfant.

Une femme idéale qui, bien sûr, ne pourrait pas être toi, idiote !

Jake se frotta la joue.

— Et si cette femme se lassait un jour de moi, ou l'inverse, alors que nous aurions déjà eu un enfant, voire plusieurs ?

Tu imagines mon déchirement d'avoir à ferrailler en justice pour obtenir un droit de garde ou de visite ?

— C'est le lot de bien des couples, dit-elle non sans penser à Caro et à Martin, le père d'Emily. Un juge pourrait très bien vous accorder la garde partagée, ou convenir avec vous d'un arrangement satisfaisant.

— Trop risqué ! répondit Jake. Et puis, imagine un peu que la mère de mes enfants veuille vivre à l'étranger, ou qu'elle se remarie ?

— Suppose aussi qu'elle et toi restiez ensemble et que tout se passe pour le mieux, dit-elle non sans frémir.

Le rire amer de Jake la glaça.

— Croirais-tu encore au Père Noël ? Les statistiques sur les divorces sont éloquentes.

En dépit de ce pessimisme affiché, Jake lui paraissait avoir des raisons plus secrètes pour refuser d'être père.

Il consulta sa montre.

— Il est tard. Rentrons…

La conversation était close.

Emily tombait de fatigue, Isobel la dispensa donc de bain et la mit au lit après l'avoir nourrie.

Dans la cuisine, Jake préparait déjà le prochain biberon avec des gestes si appliqués qu'elle en fut touchée.

Et il ose prétendre ne pas avoir un désir d'enfant ?

Cet homme beau autant que comblé ferait sûrement un bon père, elle en était certaine.

— Ah, tu étais là ? lui dit Jake avec un sourire.

— Je viens de coucher la petite…

Elle lui rendit son sourire.

— Dis-moi, Jake ?

— Oui ?

— Tu fais toi-même le ménage chez toi ou tu as des domestiques ?

— Eh non, Jake Cartwright passe l'aspirateur et fait sa vaisselle, répondit-il en agitant le biberon.

— Attention, tu vas…

En le voyant aspergé par un jet de lait chaud, elle ne put s'empêcher de rire.

— Désolée. Loin de moi l'envie de me moquer de toi.

— Il n'y a pas de mal. Bah, je manque d'habitude mais je ne demande qu'à apprendre.

— Vraiment ? Et tu ne te vexeras pas ?

— Bien sûr que non.

— Alors donne-moi le biberon.

Jake obéit et elle lui montra comment obturer, à l'aide du pouce, l'orifice de la tétine.

— À ton tour d'essayer.

— Comme ça ? demanda Jake en secouant le biberon.

— C'est parfait.

Comment ne pas reconnaître qu'il lui plaisait, qu'elle était émue chaque fois que son regard se posait sur lui ?

Tu es beau, Jake, si beau… J'adore tes épaules larges, tes bras musclés, ta taille mince et ferme. Si je m'écoutais…

Le biberon mis au frais, Jake et elle échangèrent un long regard complice

Ces yeux !

— Isobel…

Un pas en avant, et elle fut dans les bras de l'homme qu'elle avait tenté d'oublier sans jamais y parvenir.

— Jake !

Ces lèvres d'une sensualité virile sur sa bouche, ce souffle se mêlant au sien et, contre son ventre impatient, ce désir mâle et, pour elle, un sentiment croissant de plénitude…

— Ta bouche, Iz, ta bouche si douce…, murmura Jake.

— Prends mes lèvres, répondit-elle sur le même ton.

Leurs corps étroitement serrés, les doigts de Jake caressant ses cheveux, sa nuque, et dans ses veines, la brûlure du désir que lui inspirait cet homme à nul autre pareil…

Allait-elle perdre la raison ?

Oublier le passé, l'épisode si douloureux survenu six ans plus tôt ?

Anna s'éclipsant de la maison de Jake et elle, tapie dans l'ombre, comprenant qu'elle venait d'être trahie par celui en qui elle avait cru.

Qu'as-tu à te jeter ainsi dans la gueule du loup ? Une fois ne t'aura donc pas suffi ?

— Ça suffit, dit-elle sèchement en reculant d'un pas. Nous n'aurions pas dû nous laisser aller et je t'assure que ça n'arrivera plus.

Le regard blessé de Jake lui fit mal.

— Allons, Iz, ne mens pas. Tu en avais envie autant que moi.

Ses joues s'empourprèrent.

— Il m'arrive de faire des bêtises.

— Aller au bout d'un désir profond et sincère n'est pas commettre une bêtise, répondit Jake. Dès notre première rencontre, souviens-toi comme nous étions proches, toi et moi.

— Oui mais, depuis, je…

— Six ans sont passés ? Soit, mais en te revoyant, j'ai éprouvé pour toi ce que j'avais éprouvé naguère.

Il était temps de mentir, ne serait-ce que pour se protéger.

— Moi, je n'ai rien ressenti en te revoyant.

— Tu mens.

— Non, je dis ce qui est.

— Vraiment ? Et ce baiser, alors ?

— C'était une erreur. Un retour en arrière qui n'avait pas lieu d'être.

— Ose dire que, quand nous étions dans les bras l'un

de l'autre, tu n'as pas pensé à tout ce que nous avions partagé, toi et moi.

— Tais-toi !

— Non, déclara Jake d'un ton tranchant.

Émue, bouleversée même, par l'intensité de la voix de Jake, il lui devint impossible de nier plus longtemps combien ce baiser l'avait émue.

Parler lui était difficile, et ce d'autant plus qu'elle ne savait pas sur quel pied danser. Jake s'approcha d'elle presque à la toucher, puis recula brusquement.

— Tu comptes pour moi, Iz, et ce lien entre nous n'est pas encore rompu. Je pense à toi, je n'ai jamais cessé de penser à toi, à nous, depuis six ans. Et puis…

— Et puis ?

— Tu m'attires à un point que tu n'imagines même pas. De toutes les femmes, toi seule as ce pouvoir d'enflammer mes sens et j'aimerais qu'enfin tu me croies.

— Des mots, des belles paroles.

— La vérité, tout simplement. L'idée même de t'être infidèle ne m'aurait jamais effleuré quand nous étions ensemble.

Un long silence.

Sur ses lèvres, la saveur du baiser récent lui rappela combien leurs étreintes passées avaient été fougueuses, pleines de sève, de cris de plaisir, d'envie de recommencer à peine la jouissance obtenue.

— Nous avons du désir l'un pour l'autre, concéda-t-elle, mais ça ne prouve pas pour autant que tu m'as été fidèle, il y a six ans.

Le regard de Jake s'assombrit.

— Alors, tu ne me crois toujours pas ?

Était-ce d'avoir été confrontée trop longtemps aux mensonges des uns et des autres qui l'avait rendue si méfiante ? Ceux de sa mère pour commencer, puis ceux des assistantes sociales qui promettaient que la séparation d'avec cette mère serait brève, enfin ceux des familles d'accueil abusant du mot « amour », prétendant que ce nouveau foyer serait « le sien », ce qui s'était révélé faux.

Au fil des ans, elle avait douté des adultes, de leurs beaux discours, compris que jamais aucune parole ne pourrait valoir un véritable acte d'amour.

Et pour en revenir à Jake, oui, il avait prétendu ne pas l'avoir trompée, lui avait donné des explications embarrassées sur la présence d'Anna chez lui, mais était-elle pour autant obligée de le croire ?

— Je ne sais pas… Je ne sais plus.

L'envie d'ajouter foi aux propos de Jake la taraudait, mais qui sait si elle ne réagissait pas ainsi sous le coup du désir éprouvé pour cet homme, de ce long, délicieux baiser qu'ils venaient d'échanger ?

Garde la tête froide, sinon tu risques de rechuter en enfer.

Certes, mais Jake n'avait pas hésité à venir en aide à Caro, à sa fille Emily, et ce sans aucune réserve.

Un tel homme ne peut pas être le monstre de duplicité que tu as pu imaginer, naguère.

Son portable sonna.

— Clara ?

— Bonsoir, Isobel. Puis-je te parler ?

— Bien sûr, je t'écoute, répondit-elle en feignant de ne pas remarquer la mine déçue de Jake.

6

Tandis qu'Isobel poursuivait sa discussion dans la cuisine, Jake sentit un mélange d'irritation et de soulagement l'envahir.

S'il regrettait d'avoir vu s'interrompre leur étreinte, n'était-il pas temps pour lui de réfléchir aux conséquences futures d'un tel emportement ?

En dépit du fait qu'Isobel l'attirait comme jamais aucune autre femme avant elle, il ne voulait plus succomber à son charme, à son pouvoir érotique et sensuel, et surtout il se refusait désormais à souffrir par amour, quelle que soit sa partenaire.

Pour lui les choses étaient claires.

Une fois avait suffi.

Le déni d'Isobel, six ans plus tôt, la façon dont elle avait obstinément refusé de le croire, devait lui servir de leçon et pour toujours.

Et pourtant…

Quand les lèvres si douces avaient effleuré les siennes, quand il avait senti contre lui la chaleur de ce corps féminin, quand leurs souffles s'étaient mêlés en un long et savoureux baiser, pouvait-il affirmer qu'il n'avait pas été sur le point de succomber ?

Un peu plus loin, derrière le comptoir, à la façon dont

Isobel poursuivait sa conversation avec force gestes, il devina qu'une difficulté venait de surgir et, sans être indiscret de nature, il tendit pourtant l'oreille.

— Je vois, Clara, disait Isobel, oui, c'est ennuyeux. Oui, bon, je vais trouver une solution et je te rappellerai.

Une fois la communication coupée, il s'avança vers elle.

— Que se passe-t-il ?

Isobel lui lança un regard embarrassé.

— Oh ! Il s'agissait de Lucy, cette cliente qui va se marier bientôt et qui ne sait plus où donner de la tête avec sa liste d'invités.

— Et c'est à toi de monter au créneau ?

— Oui. Les proches de Lucy remettent tout en cause : le choix du lieu, le menu de noces, et même la façon dont demoiselles et garçons d'honneur devront être vêtus.

— Aïe !

Isobel lui adressa un pauvre sourire.

— Comme tu dis. Et le pire, c'est que la répétition du mariage a été avancée à après-demain.

— Et, bien sûr, ta présence est souhaitée.

— C'est ce que Clara vient de me dire et, comme elle a un rendez-vous professionnel précisément ce jour-là…

Déjà, Jake réfléchissait.

— Bon, où se tiendra la répétition ?

— À Cheltenham.

Une ville proche de Gloucester et pas très éloignée du cottage.

— Dans ce cas, il te sera facile de te rendre là-bas.

— Et qui s'occupera d'Emily ? Elle est trop petite pour que je l'emmène avec moi.

— Nous pourrions y aller ensemble, toi, moi et Emily, dit-il non sans une pointe d'appréhension. Je veillerai sur la petite pendant que tu travailleras.

— Impossible, répondit Isobel. Caro m'a confié sa fille et je ne peux pas déléguer une telle responsabilité.

— C'est à toi autant qu'à moi que Caro a confié sa fille, dit-il.

Le regard d'Isobel exprimait le doute.

— Cette solution arrangerait tout, en effet, mais jusqu'à présent tu n'as pas eu un geste tendre envers Emily et c'est ce qui me fait hésiter.

— Un geste tendre ?

— Tu es distant, Jake, comme si les enfants te posaient un problème. D'ailleurs, as-tu seulement pris Emily une fois, une seule, dans tes bras ?

Le constat était sans appel.

— Bon, je manque d'expérience avec les bébés, mais il suffira que tu m'indiques ce que je dois faire, le jour dit, et voilà tout.

L'expression d'Isobel s'adoucit.

— Je te crois en effet capable de prendre soin de notre petit trésor. Et pour ce qui concerne ce baiser…

— Oui ?

— Nous allons l'oublier, n'est-ce pas ? Un instant de faiblesse.

Trop facile, bien trop facile !

— Ce baiser ne nous est pas tombé du ciel, Iz, et il représente pour moi plus qu'une passade, et sûrement pas une faiblesse. Nous en avions envie, n'est-ce pas ?

Un silence.

— Oui, dit Isobel d'une voix émue.

— Ah, tu vois bien ! Et puis, m'aurais-tu embrassé avec autant de ferveur s'il n'y avait en toi un doute sur ma prétendue culpabilité passée ?

Un nouveau silence.

— Laisse-moi le temps d'y réfléchir, Jake, et pour l'heure, seule Emily doit compter, tu ne crois pas ?

Le lendemain, à son réveil, Jake sentit croître en lui une anxiété dont il n'avait plus ressenti les effets depuis l'enfance, quand il vivait encore chez son père.

Les souvenirs affluèrent.

Seul, bien trop seul dans ce grand manoir, il avait insisté pour être envoyé en pension, avec d'autres garçons de son âge, ce que Charles Cartwright avait aussitôt accordé comme s'il était pressé de se débarrasser d'un fils dont il ne savait que faire.

Le soulagement avait été réciproque.

Bien des années plus tard, voilà qu'il ressentait de nouveau cette sensation désagréable d'être arrivé à un tournant de sa destinée alors même qu'il s'apprêtait à supplanter son père au conseil d'administration.

Restait la petite, si charmante, Emily.

En s'engageant, la veille, à s'occuper de la fillette, sans doute n'avait-il pas tout à fait mesuré ce à quoi il s'exposait...

Quand, une fois douché et vêtu d'un jean et d'un polo, il rejoignit Isobel dans la salle à manger, Emily, que la jeune femme tenait dans ses bras, lui adressa un sourire qui ne manqua pas de l'émouvoir

Et, aussi, de faire croître son anxiété.

— Prêt ? demanda Isobel.

— Ma foi...

Et sa confiance qui l'abandonnait déjà !

— Pour commencer, tu vas prendre Emily dans tes bras, afin de t'habituer à elle et réciproquement.

— C'est-à-dire...

Il sentit des gouttes de transpiration perler à son front.

— Et tu lui donneras aussi le biberon. Elle a faim, reprit Isobel.

Était-il possible d'être à ce point paralysé par le trac ?

— Pourquoi es-tu si pâle ? demanda Isobel d'un ton inquiet. Il s'agit de t'habituer à la petite, rien de plus.

— Rassure-toi, tout va bien.

Isobel fronça le sourcil.

— On ne dirait pas. Tu es livide.

— C'est vrai que je me sens bizarre. Je… J'ai peur de ne pas être à la hauteur.

Mais sa vraie peur était cette hantise qu'il avait des relations entre adulte et enfant, source selon lui de tous ses malheurs.

Il crut entendre la voix de sa mère quand tous deux s'étaient enfin revus, lors de ses dix-huit ans. « Je suis désolée, Jake, mais je devais sauver mon frère avant tout. Je te jure que je ne voulais pas te faire de mal, ça n'était en rien dirigé contre toi »…

— Jake, ça va ? demanda Isobel avec un nouveau froncement de sourcils.

— Oui, oui, un peu nerveux sans plus.

S'obliger à sourire non sans essuyer discrètement cette satanée sueur.

— Alors, on essaie cette fois-ci ?

Le beau sourire d'Emily et cette manière qu'elle avait d'agiter ses petits poings…

— Oui, essayons, dit-il d'une voix blanche.

Isobel lui confia la fillette avec un luxe de précautions qui, en d'autres circonstances, l'aurait fait sourire.

— Voilà, comme ça, oui, doucement…

Emily ne pesait pas plus qu'une plume et il se surprit à avoir la gorge serrée, le regard humide, tandis que la fillette lui attrapait l'index de la main gauche pour ne plus le lâcher.

— Tu vois, elle te fait confiance, murmura Isobel d'un ton attendri.

— Je vois.

Les mots sortaient avec peine de sa gorge.

Emily !

Si frêle, si innocente et vulnérable, et qui n'avait plus pour la défendre qu'Isobel et lui.

Qu'avait-il pu ressentir quand, à peine né, il s'était retrouvé abandonné par celle qui venait de le mettre au monde, et qui ne réapparaîtrait pas avant ses dix-huit ans ?

Les retrouvailles avaient eu lieu dans une chambre d'hôtel proche de l'aéroport de Los Angeles.

Quel choc de découvrir le visage de sa mère, cette femme qu'il n'appellerait jamais « maman »...

— Comprends-moi, Jake, j'avais signé, donné mon accord pour t'abandonner, sous peine de poursuites devant un tribunal... Comment aurais-je pu gagner un procès contre les Cartwright et leurs avocats ? Aussi m'étais-je dit qu'après tout tu serais plus heureux avec eux qu'avec une femme dans mon genre, et puis...

— Et puis ?

— Par la suite, j'ai rencontré celui qui allait devenir mon mari...

Tout en parlant, et comme s'il lui tardait de mettre fin à cet entretien, sa mère jetait des regards furtifs à sa montre et à la porte close de la chambre.

Plus tard, dans l'avion qui le ramenait en Angleterre, il s'était fait le serment de rester maître de sa vie, de ne plus dépendre affectivement de quiconque.

Jusqu'à sa rencontre avec Isobel et, à présent, avec Emily.

— Jake, tout va bien ?

— Mais oui ! Cette petite est adorable.

— Alors, tu penses pouvoir t'en occuper demain, pendant la répétition du mariage ?

Oublier le passé, sa souffrance mal éteinte.

— A priori, sans aucun problème, mais il me vient une idée.

Comment pouvait-il être aussi lâche ?

— Une idée ?

— Nous pourrions appeler Maria à la rescousse. Pour Emily, ça serait l'idéal et, pour toi, ce serait plus rassurant que de me voir assumer la charge de la petite pendant toute une journée.

Un silence et cette déception qui se lisait déjà dans les yeux noisette d'Isobel.

— Après tout, oui, pourquoi pas.

— Et tu n'auras pas besoin de me donner des leçons de puériculture, ajouta-t-il non sans jeter un regard gêné à Emily.

Ça n'est pas ta faute, fifille, mais ce qui touche à l'enfance provoque trop d'émotions en moi.

Quand il voulut rendre Emily à Isobel, cette dernière se déroba.

— Peux-tu t'en occuper, le temps que j'aille préparer son biberon ?

Force lui fut d'acquiescer.

Tout en sortant le biberon du réfrigérateur, Isobel songea une fois de plus qu'« appeler Maria à la rescousse » arrangerait peut-être, en effet, les choses. À condition bien sûr que Lucy, la future mariée, ne fasse pas la grimace devant la nouvelle venue.

Une fois le biberon réchauffé, elle retourna dans la salle à manger et constata qu'Emily semblait heureuse dans les bras de Jake.

Impatiente d'avoir son lait, la fillette poussa alors une plainte qui ne laissait pas de place au doute.

— Elle a faim, dit Jake en lui rendant le bébé. Je dois appeler Maria et…

— Aurais-tu à ce point peur de donner le biberon à une enfant, dit-elle en se décidant pourtant à reprendre Emily.

— Il ne s'agit pas de peur, répondit Jake, mais plutôt d'un refus d'affronter ma propre histoire.

Poussant une nouvelle plainte, Emily agita les bras et s'empressa de glisser la tétine entre ses lèvres impatientes.

— Elle avait faim, dit Isobel. Bon, alors, je t'écoute.

Un sourire se peignit sur les traits de Jake.

— Qu'y a-t-il donc de si amusant ? demanda-t-elle.

— Mais toi, bien sûr ! J'avais oublié combien tu pouvais te montrer obstinée.

— Puisque tu le sais, vas-tu enfin m'expliquer pourquoi les enfants, surtout les tout petits, te mettent mal à l'aise ?

Jake se justifia alors d'une voix vibrante, avec une émotion contenue, et elle s'en voulut de ne pas avoir fait plus tôt le lien entre la façon dont il était venu au monde et le regard qu'il portait aujourd'hui sur les bébés.

Que son amie Caro ait abandonné provisoirement sa petite Emily, par nécessité absolue, pour la protéger, Isobel pouvait le comprendre, mais ce qu'avait enduré Jake était inadmissible.

— C'est terrible, parvint-elle à articuler.

Jake se rapprocha d'elle.

— Tenir un bébé entre mes bras me renvoie à des événements que je préférerais oublier. À ma naissance, je n'ai pas été aimé, et cette blessure restera toujours à vif.

Elle en avait les larmes aux yeux.

— C'est fou ! Quand tu es né, il y a bien eu la sage-femme ou une infirmière pour prendre soin de toi, n'est-ce pas ?

Le visage de Jake se crispa.

— Comment le saurai-je jamais, Iz ?

Isobel se rembrunit. Une telle indifférence vis-à-vis d'un enfant l'incitait à s'occuper d'Emily avec encore plus de tendresse comme si, soudain, ce bébé qui lui avait été confié par Caro risquait de connaître un sort similaire à celui de Jake.

— Voyons, c'est absurde. Que ta mère soit partie, soit, je le comprends, mais il y a bien quelqu'un de ta famille qui a pris soin de toi, qui est venu te chercher à la maternité.

Jake eut un regard lourd de tristesse.

— Sûrement, mais j'ignore de qui il s'agit. Tout ce que je sais, c'est que j'ai été élevé par mon grand-père à partir de mes neuf mois.

Isobel attendit qu'Emily ait fini son biberon avant de la déposer sur un molleton, avec ses peluches favorites.

— Que s'est-il passé durant ces neufs mois, avant que ton grand-père ne prenne soin de toi ?

Jake afficha une expression douloureuse.

— C'est un mystère. Qui s'est soucié du bébé que j'étais alors ? Une domestique ? Une amie de la famille ? Comment le savoir ?

Elle saisit la main de Jake dans la sienne.

— Je suis de tout cœur avec toi.

Qu'une mère, qu'un père, osent abandonner un bébé à son sort, dans l'anonymat d'un hôpital, la consternait et lui faisait entrevoir sa relation passée avec Jake avec plus d'indulgence.

— J'ai survécu, s'exclama-t-il soudain, alors laissons le passé là où il est.

— Trop facile ! Ce mal qui t'a été fait, à ta naissance, aura forcément laissé des traces en toi.

Et elle serra la main de Jake avec une force accrue, espérant ainsi lui communiquer un peu de réconfort et de tendresse.

L'expression de Jake se fit farouche.

— Quels que soient ceux qui ont veillé sur moi, après ma naissance, je n'en suis pas moins devenu un Cartwright et je n'ai jamais manqué de rien. Collèges huppés, ski en hiver, limousine avec chauffeur.

— Bien sûr, Jake, mais c'est l'essentiel qui t'a manqué.

Cette réticence à tenir un bébé dans tes bras, à communiquer avec lui, indique un traumatisme certain, lié selon tes propres déductions à ta naissance.

Comme s'il était en proie à une nouvelle souffrance intérieure, Jake eut un frémissement.

— J'ai tiré un trait sur mon passé, et ma gêne avec Emily est sans doute fortuite, Iz. C'est par manque d'habitude…

— C'est plutôt le signe d'un manque cruel : celui d'une mère et d'un père, ne crois-tu pas ?

— Tu fais de la psychologie, à présent ?

— C'est juste un peu de bon sens. Tu as été abandonné à la naissance et il te faut aujourd'hui mettre au jour ces émotions cachées que tu n'avais encore jamais osé affronter.

Un long silence se fit.

— Je ne suis pas porté sur les émotions, déclara Jake.

Après ce que ses parents lui avaient fait subir, à quelle autre réponse s'attendait-elle de sa part ?

Non, bien sûr, un homme tel que Jake tenait à sa fierté, ce qui était compréhensible.

— Ce sont les émotions qui font la vie, dit-elle enfin. Ce sont elles qui nous empêchent de devenir des mécaniques sans âme et sans conscience.

Elle désigna à Jake la petite Emily qui jouait à présent sur le tapis avec une girafe en tissu.

— Notre protégée t'a sûrement déjà adoptée, tu sais, et elle n'attend qu'un signe de toi pour s'épanouir en ta présence. Profite de cette chance qu'Emily t'offre de t'ouvrir à autrui, de mettre à nu tes émotions cachées.

Un nouveau silence.

Qu'allait répondre Jake ?

Que sa vie lui appartenait et qu'Isobel se mêlait de ce qui ne la regardait pas ?

L'homme qui lui faisait battre un peu trop souvent le cœur eut alors un grand sourire.

— Ma foi, tu as raison et ça ne coûte rien d'essayer.

Son soulagement fut grand.

— Veux-tu que nous emmenions Emily en promenade dans le même parc qu'hier, celui où elle a tant ri en observant les canards ?

— Bonne idée, répondit Jake. Et on pourra leur donner du pain.

Que Jake se montre si conciliant fut de nature à la rassurer.

— Dans ce cas, pourquoi ne t'occuperais-tu pas de la petite pendant que je prépare les affaires ? Si elle pleure, chante-lui une berceuse, prends-la dans tes bras ou agite l'une des peluches sous son nez, comme ceci…

Sans cesser de sourire, Jake hocha la tête.

— OK, j'ai compris.

Et après s'être assis sur le tapis, tout près d'Emily, Jake joua avec l'enfant qui gazouillait de plaisir.

Comment n'aurait-elle pas été attendrie par le spectacle de ce grand homme viril prenant soin de la petite et vulnérable fillette ?

Qui l'aurait cru !

Garde la tête froide, Iz ! Et souviens-toi que cet homme t'a trahie.

Le souvenir d'Anna sortant de chez Jake, à la nuit tombée, refroidit une fois de plus ses ardeurs et tempéra son envie de pardonner à celui dont, en vérité, elle se sentait encore et toujours amoureuse.

Jake n'est pas, et ne sera jamais l'homme de ta vie.

La sienne, de vie, n'était-elle pas précisément en voie de reconstruction, sur des bases solides, saines, avec la perspective d'édifier enfin ce bonheur qui saurait la venger des misères passées ?

— Ma foi, tu as raison ! ça ne coûte rien d'essayer.
Son [illegible] fut grand.
— [illegible] que nous entreprenons. Emily [illegible] dans la même partie du [illegible] où elle a [illegible] en [illegible] les enfants.
— Bonne idée, répondit Julie. Et on pourrait [illegible] du pain.
Une fois ce [illegible] [illegible]
Dans [illegible] pourquoi [illegible] ne passe [illegible] petite pendant que je prépare les [illegible]. Si elle [illegible] chante [illegible] prends-la dans tes bras [illegible] des petits [illegible] son nez, comme [illegible].
Sans [illegible] Julie [illegible] la tête.
— Oh, [illegible].
Et après s'être assise sur le [illegible], [illegible] d'Emily, Julie [illegible] l'enfant qui [illegible] de plaisir.
Comment n'aurait-elle pas [illegible] le spectacle de ce grand homme [illegible] soin de la petite et [illegible] ?
[illegible]
[illegible]
[illegible]
Le [illegible] Julie [illegible]. [illegible] ses amours et [illegible] de [illegible] tout en [illegible].
[illegible]

7

Voir Emily sourire devant l'éléphant en peluche qu'il brandissait sous son nez fut pour lui un instant inoubliable.

Gravir l'Everest l'aurait-il rendu plus fier ?

La porte s'ouvrit pour livrer passage à Isobel.

— Voici le porte-bébé, dit-elle en lui tendant l'objet en question non sans frôler ses doigts au passage.

L'envie d'embrasser cette femme et de caresser sa chevelure soyeuse le tenailla une fois de plus.

Cesse de tirer des plans sur la comète !

Surtout, ne pas perdre le contrôle de ses émotions…

— Bon, je vois comment ça fonctionne, dit-il après un examen rapide de l'objet. Mais, là, cette boucle…

Isobel eut un rire charmant.

— Je vais te montrer, dit-elle en installant Emily dans le porte-bébé. Cette boucle en premier et, ensuite, tu ajustes la sangle, comme ça… Un peu plus serré, peut-être. Parfait !

Le frôlement incessant de leurs mains, la chevelure soyeuse d'Isobel brossant sa joue, le mirent au supplice.

— Crois-tu qu'Emily aime être portée ainsi ? demanda-t-il.

— Bien sûr. C'est pour elle un formidable poste d'observation sur le monde. En même temps, elle est en sécurité puisqu'elle ne risque pas de tomber et elle sent que tu veilles sur elle…

Lui qui avait pour projet de prendre le contrôle de Cartwright et n'avait jamais eu froid aux yeux se sentit fondre.

— Je suis heureux de rendre service, dit-il. Et Emily est une fillette si attachante !

Ses nerfs le trahissaient, la faute sûrement à un trop-plein d'émotions, à ce bébé qui non seulement le renvoyait à sa propre naissance mais faisait naître également en lui l'envie d'avoir un jour une vie de famille.

Une fois installée contre lui, Emily se mit à gazouiller.

— Tu vois qu'elle est heureuse, déclara Isobel d'un ton ravi.

— Cette enfant est adorable, dit-il.

Sur le chemin menant au parc, tout lui parut d'une beauté presque irréelle, tant le chant des oiseaux que le coloris des fleurs, ou encore le blanc éclatant des nuages.

— J'ai l'impression de renaître, s'écria-t-il d'un ton à la fois grave et joyeux.

Une fois qu'ils furent arrivés au parc, Isobel lui sourit une fois de plus et, n'y tenant plus, il posa sur la tête d'Emily un baiser, le premier, sans doute, d'une longue série.

— Alors, pas trop difficile d'être le papa d'un jour ? demanda Isobel, qui n'avait cessé de l'observer.

Pourquoi mentir ?

— Une partie de moi est terrifiée et l'autre partie, ravie.

Et dire que, lors du prochain conseil d'administration, il comptait arracher à son père le contrôle du groupe !

Avait-il tort ?

Avait-il raison ?

Aujourd'hui, être avec Isobel et Emily dans ce parc enchanteur, savoir que tous trois allaient rendre visite aux canards, que la petite aurait de la joie à les voir jeter des morceaux de pain, suffisait amplement à son bonheur.

Emily !

Qui aurait cru qu'un jour il ressentirait une telle émotion à s'occuper d'un bébé ?

Tournant vers lui son visage éclairé d'un sourire, Emily gazouilla.

— Je n'en reviens pas qu'elle soit si mignonne ! dit-il à l'attention d'Isobel.

— Emily est encore plus que ça, répondit Isobel avec une infinie tendresse et, dans le regard, une expression rêveuse.

— Tu as raison, elle est unique, dit-il enfin non sans caresser la petite nuque couverte d'un fin duvet. Et qui sait ? la nounou qui s'est occupée de moi quand je suis né était peut-être une gentille personne.

— Je l'espère ! répondit Isobel en lui souriant.

— Regarde Emily. Elle est heureuse que je la porte, alors même qu'elle me connaît si peu.

— C'est fort probable, Jake. Il est bien difficile de ne pas s'attacher à un bébé.

Cette pensée le rasséréna.

Pendant une heure, ils sillonnèrent les allées du parc, nourrirent les canards et regardèrent jouer des enfants d'âges divers tandis qu'un soleil toujours plus chaud ajoutait une touche estivale à leur sortie.

— J'ai emporté un pique-nique, déclara Isobel. Si tu veux, c'est toi qui donneras le biberon à Emily et ensuite, pendant que nous mangerons, elle pourra faire sa sieste à l'ombre, sur une couverture.

Ils installèrent la couverture sous un saule pleureur et, bien au chaud dans les bras de Jake, Emily but avidement son lait tandis qu'il s'efforçait de brider son émotion croissante.

N'aurait-il pas envie d'avoir, un jour, à son tour, une famille dont il saurait prendre soin, plutôt que de ruminer sans cesse un passé douloureux qui l'empêchait d'être pleinement heureux ?

— Comme tu t'occupes bien de la petite, remarqua Isobel.

C'était vrai.

Et il s'extasia sur les mains minuscules agrippant le biberon, autant que sur la vivacité de ce regard enfantin qu'accompagnaient des mimiques aussi amusantes qu'irrésistibles.

— Il ne reste plus une goutte de lait ! Elle a tout bu, dit-il enfin.

Isobel lui caressa la main.

— Bravo ! Et maintenant, n'oublie pas de lui faire faire son rot.

— Comme ça ?

— Hisse-la un peu plus haut contre ton épaule. Et tapote-lui le dos.

La manœuvre n'avait rien de sorcier mais elle représentait pour lui une grande première qui eut pour effet de le déconcerter, ce qui n'échappa pas à la vigilance d'Isobel.

— Regarde, il faut faire comme ça ! dit-elle en l'aidant.

Le parfum d'Isobel accentua encore plus ce désir qu'il ressentait pour elle.

— Encore ? demanda-t-il non sans tapoter doucement le dos d'Emily.

— Oui, continue jusqu'à ce qu'elle ait fait deux rots.

Comme par magie, Emily se décida à expulser l'air en excès dans ses minuscules poumons, ce dont Isobel le félicita.

— Bravo, Jake.

Et lui, le futur patron de la chaîne Cartwright, l'homme redouté par ses concurrents, eut le sentiment d'avoir conquis l'impossible.

— En tout cas, j'aurai fait de mon mieux.

Le sourire d'Isobel le récompensa.

— Il ne te reste plus qu'à déposer Emily sur la couverture.

À peine se fut-il exécuté que la fillette ferma les yeux.

La regarder dormir à poings fermés fut pour lui une joie nouvelle et une nouvelle occasion de rêver à une vie de couple, à sa future famille.

— Et maintenant ? demanda-t-il, les joues empourprées.

Isobel sortit du sac à dos un paquet soigneusement emballé.

— Pour ta peine, tu auras droit à un sandwich fait maison…

— Je meurs de faim !

— Moi aussi, répondit Isobel.

Le goût du pain frais, du beurre, du gruyère et du jambon d'York le combla bien plus que ne l'aurait fait un repas de gala et, pendant quelques minutes, seul le bruit de leur double mastication se fit entendre.

Une fois repu et après avoir balayé de son pantalon les miettes éparses, il regarda une dernière fois Emily dormir, puis il se tourna vers Isobel.

— Me feras-tu confiance, demain, lors de la répétition de mariage ?

— Absolument, Jake, répondit Isobel en lui caressant le bras.

— Sans toi, jamais je n'aurais osé endosser cette responsabilité et je te remercie de m'avoir fait comprendre que la vie était bien plus qu'un bilan d'affaires trimestriel.

— Tu ferais un excellent père, Jake. Tu es calme, patient, attentionné et, entre tes bras, un bébé ne craint rien.

Un bébé ne craint rien !

Aurait-on pu lui faire plus beau compliment ?

Isobel posa sur lui un regard attentif et affectueux.

— Jake ? Tes confidences sur ta naissance m'ont

touchée. Et permets-moi d'ajouter que tes parents n'ont pas été à la hauteur.

Avant même qu'il ait pu réagir, les lèvres d'Isobel effleurèrent sa joue, ce qui eut pour effet de le troubler.

Et ce parfum féminin, cette senteur de jasmin mêlée à celle, plus acide, de son shampoing…

— Isobel, si tu savais combien…

— Chut !

Tous deux s'enlacèrent alors avec la fougue et la passion des premiers jours.

Ah, caresser encore et encore ce beau visage, ces cheveux si soyeux, cette gorge offerte, retrouver la chaleur de ce corps naguère tant aimé…

Le regard d'Isobel lui apporta la confirmation que son trouble était partagé.

— Embrasse-moi ! dit-elle en se penchant vers lui.

Il ne se fit pas prier et goûta avec joie la saveur de ces lèvres douces, tièdes, tentatrices, autant que la vague de sensations brûlantes qui accompagna leurs ébats.

— Iz…

— Jake !

Comme ce baiser l'enflamma !

Il fallut qu'un lourd nuage dissimule le soleil pour qu'ils se séparent enfin.

— Nous n'aurions pas dû, n'est-ce pas ? déclara Isobel.

— Sans doute que non, mais ce qui est fait est fait.

— J'ignore ce qui a pu nous pousser ainsi dans les bras l'un de l'autre, mais nous ne devons plus recommencer, dit-elle à voix basse.

— Plus jamais ?

— Plus jamais. Et pourtant…

— Quoi ?

— J'ai un doute concernant ce qu'Anna m'a raconté, il y a six ans.

Un nouvel espoir l'envahit.

— Veux-tu dire que tu admettrais enfin ma bonne foi ?

— Tout est si confus dans ma tête. Est-ce la raison qui me pousse à ne plus te croire coupable ? Ou bien ce désir que je ressens pour toi ?

Quel que soit le motif qui poussait Isobel à douter, c'était déjà un progrès…

— Que ce soit le désir ou le bon sens qui te pousse enfin à admettre ma version des faits importe peu, après tout. Ce qui compte pour moi, c'est que tu puisses envisager mon innocence.

Isobel baissa les yeux.

— Pour l'heure, je ne sais pas où est le mensonge, où est la vérité, et je serais bien incapable d'avoir un jugement objectif sur la question.

Six ans après cette terrible nuit qui s'était conclue par une rupture, au moins pouvait-il espérer voir briller dans leur ciel une lueur d'espoir qui, avec le temps, pousserait peut-être Isobel à remettre en question son jugement erroné. En attendant, la prudence devait le guider car s'emballer ne servirait qu'à compliquer les choses.

— Prends le temps de réfléchir, Iz, et sache que je ne cherche pas à t'influencer. À toi de décider si je suis ou non coupable.

Son propos eut pour effet de faire froncer les sourcils d'Isobel.

— Tu tiens donc à garder une distance entre nous ?

— Mieux vaut en effet rester prudents, dit-il non sans regret. Céder à notre désir mutuel ne ferait que rendre encore plus délicate une situation qui l'est déjà suffisamment.

Les yeux noisette d'Isobel le scrutèrent puis se dérobèrent aux siens.

— Tu as raison, dit-elle d'un ton contrit. Plus d'étreintes ni de baisers.

Il ne pouvait qu'acquiescer.

— Promis, nous serons sages.

Mais auraient-ils la force de tenir parole ?

Le lendemain, ce fut avec des gestes assurés que Jake sangla Emily sur son siège auto, et Isobel en fut grandement satisfaite.

Voir Jake vaincre ses craintes - au moins avec les enfants - ne pouvait que l'enchanter.

Il n'avait pas eu une enfance beaucoup plus agréable que la sienne, peut-être même moins en définitive, et c'était bien ce qui contribuait à les rapprocher.

Qu'il soit capable de voler au secours de Caro, d'Emily, de sacrifier son temps et ses occupations pour s'occuper d'une fillette de six mois, démontrait sa loyauté, son sens de l'amitié et de l'honneur, aussi en venait-elle presque à le croire quand il prétendait n'avoir pas couché avec Anna, cette fameuse nuit.

Elle prit place sur le siège passager et Jake démarra non sans avoir d'abord jeté un regard ému sur Emily qui, bien installée à l'arrière, gazouillait de contentement

— Alors, cette répétition ? lui demanda-t-il soudain.

— Elle aura lieu à l'église mais, d'abord, nous nous rendrons chez la mère de Lucy où se trouve déjà une partie de la famille de la future mariée : ses deux sœurs et la demoiselle d'honneur en titre.

— N'avais-tu pas évoqué des tensions entre les uns et les autres, hier soir ?

— Précisément, mais j'ai bon espoir de ramener le calme, à la satisfaction de tout le monde. Ensuite, nous ferons la mise en place à l'église, et c'est là que tu me seras utile.

— Tant mieux ! J'espère seulement ne pas gêner ta cliente.

— Ta présence et celle de la petite ne surprendront personne car j'ai déjà mis Lucy et sa famille au courant de ta venue.

— Parfait !

Jake lui décocha un sourire en coin qui souda leur complicité.

La mère de Lucy vivait dans une grande et belle maison du XIXe siècle flanquée d'un parc arboré.

Isobel laissa à Jake le soin de s'occuper d'Emily et, sans hésiter, frappa à la porte de la résidence à l'aide du lourd heurtoir de bronze.

— Isobel !

— Bonjour, Natasha, répondit-elle à la mère de la future mariée.

Vêtue de façon exquise et coiffée avec élégance, la sexagénaire n'en avait pas moins, au fond de ses yeux azur, une expression dure et déterminée qui trahissait un tempérament bien trempé.

— Je suis soulagée, reprit la mère de Lucy, sans vous, rien n'aurait été possible. Oh ! certes, Clara ne manque pas de bonne volonté, mais enfin…

— Je ne doute pas que Clara aurait fait de son mieux, répondit Isobel avec diplomatie, mais il est normal que votre fille se réfère plutôt à moi puisque c'est ensemble que nous avons commencé à planifier ce mariage.

— Bien sûr, répondit Natasha en jetant sur Jake et Emily un regard scrutateur.

Isobel fit les présentations.

— Voici donc la petite protégée en question ? Elle est mignonne, déclara Natasha.

Le pensait-elle vraiment ?

— Merci de nous avoir autorisés à venir en famille, dit Isobel sans réfléchir à la portée exacte de son propos.

En famille !

Mais non, Jake et elle ne formaient pas un couple.

Pas encore, à moins que…

Alors que Natasha les conduisait à l'intérieur et que Jake et elle échangeaient un regard éloquent, une tornade blonde vint à leur rencontre.

— Isobel, quel plaisir !

La future mariée et elle partagèrent une accolade, puis Isobel fit les présentations.

— Lucy, voici Jake et Emily, dont tu as entendu parler, n'est-ce pas ?

— Bien sûr. Bienvenue au manoir, déclara Lucy.

— Prête pour la répétition ? demanda Isobel.

Lucy fit la moue.

— J'ai une tête affreuse ! Regarde mes cheveux ! Ma couleur est ratée et en plus j'ai dû prendre au moins cinq kilos ces derniers temps. Je suis si anxieuse que je me bourre de chocolats.

— Mais non, Lucy, tu es magnifique !

La future mariée tortilla entre ses doigts un mouchoir en dentelle.

— C'est gentil de ta part, mais le miroir ne ment pas. Je… j'ai des bourrelets, là et là, sur les hanches aussi…

Il était temps de couper court.

— Lucy, même si tu pesais cent kilos, Jim ne t'en aimerait pas moins, crois-moi, dit Isobel d'un ton rassurant. Alors cesse de pleurnicher et aide-moi plutôt à préparer la cérémonie pour que ce soit une réussite.

Lucy tamponna ses yeux avec son mouchoir.

— Tu as raison, comme toujours. Quelle chance que tu sois venue aujourd'hui, Isobel. Sans toi, je me serais effondrée, crois-moi.

— Je suis là, alors passons en revue ce qu'il nous reste à accomplir.

Lucy parut hésiter.

— Maman s'oppose à certains de mes choix et la discussion risque d'être vive. Jake devrait peut-être emmener la petite dans le jardin ?

— Je ne demande pas mieux, répondit ce dernier.

Lucy eut un sourire.

— Vraiment, Jake, ça ne vous dérange pas ?

— Mais non. Si j'accompagne Isobel, c'est précisément pour pouvoir m'occuper d'Emily et vous laisser travailler tranquillement.

L'expression inquiète de Lucy fit place à un grand sourire.

— Vous devez me trouver bien exclusive, n'est-ce pas ?

— Vous êtes tout à fait pardonnée, répondit Jake d'un ton léger.

— Merci. Je suis follement amoureuse de mon Jim et ce mariage me met sur les nerfs. À force de me tracasser, j'en attrape la « fièvre des fiancées », et seule ma chère Isobel peut me guérir de ce mal, comprenez-vous ?

— Très bien.

La mère de Lucy intervint :

— Quelle bavarde tu fais, ma fille ! Laisse donc Jake tranquille avec tes élucubrations.

Elle se tourna vers Jake et lui dit d'un ton complice :

— Nous disposons d'une serre agréable, un jardin d'hiver où poussent toutes sortes de plantes. Je ne doute pas qu'Emily les trouvera à son goût et…

Une voix féminine s'éleva alors derrière eux.

— Mais voyons, Natasha, nous n'allons pas laisser ce gentleman s'occuper seul d'une petite fille, n'est-ce pas ? Avec votre permission, je me propose de leur tenir compagnie.

Isobel reconnut Julia, l'une des demoiselles d'honneur, une jolie blonde qu'elle avait déjà remarquée et qui avait fait naître en elle, dès la première rencontre, une hostilité de principe.

Après avoir consulté Lucy du regard, Natasha acquiesça d'un signe de tête.

— Très bonne idée, n'est-ce pas, Isobel ? Ainsi, pendant que nous nous rendrons à l'église pour la mise en place, notre chère Julia s'improvisera demoiselle de compagnie auprès de Jake et d'Emily.

Isobel se mordit la lèvre. La pensée que cette rivale en puissance puisse faire du charme à Jake la mettait hors d'elle, mais comment protester ?

— Oui, ça me semble raisonnable, dit-elle sans conviction.

Et, se décidant à suivre la mère et la fille qui ne cessaient d'argumenter à propos de la décoration de l'église, elle eut un dernier regard pour Julia et Jake, qui se dirigeaient vers le jardin d'hiver.

Jake l'aurait juré : Isobel lui avait lancé un regard réprobateur avant de le quitter.

Six ans auparavant, lors de cette dispute à propos d'Anna, n'était-ce pas cette même lueur qu'il avait observée au fond de ses prunelles, une lueur qui trahissait à la fois le dépit et la jalousie ?

Était-ce la présence de Julia qui la faisait réagir ainsi ?

— Quel amour de bébé, dit la demoiselle d'honneur avec force mimiques.

Le sourire que lui adressa la jolie blonde aurait dû le charmer, mais il ne pensait qu'à Isobel.

— Oui, Emily est un ange.

— Nous allons bien nous occuper d'elle, dit Julia avec un sourire appuyé en caressant la joue de la fillette.

Ce ne fut pas du goût d'Emily qui, blottie entre ses bras, émit une petite plainte et se détourna de la nouvelle venue.

— Ne vous formalisez pas, dit-il avec diplomatie. Elle n'est pas encore habituée à vous et…

— Pas de problème, répondit Julia avec un sourire contrit. Généralement, les bébés m'adorent.

Jake recula d'un pas pour prendre ses distances avec cette blonde dont le parfum capiteux lui donnait la migraine. Pourtant la correction l'empêcha de dévoiler le fond de sa pensée.

— Emily a sûrement faim et il va falloir que je lui donne le biberon bientôt…

La demoiselle d'honneur eut un haussement d'épaule.

— Venez, le jardin d'hiver est là-bas. Au fait, désirez-vous un café ou autre chose ?

— Non, tout va bien. Je vous remercie.

Quelle tuile que cette femme ait proposé de les accompagner !

Sans elle, tout se serait déroulé au mieux et il aurait pu s'occuper d'Emily au lieu de perdre son temps en bavardages.

Un cliquetis de talons aiguilles résonna derrière eux, et l'altière silhouette de Natasha apparut.

— Julia ? En fait, je préférerais que vous vous joigniez à nous. Ma fille croit que ses cheveux vont tomber à cause de la teinture blond vénitien recommandée par son esthéticienne. Nous ne serons pas trop de deux pour lui faire entendre raison.

Une ombre de contrariété voila le visage de Julia.

— Eh bien, Jake, désolée de vous quitter ainsi, dit-elle d'un ton de regret. Peut-être nous reverrons-nous tout à l'heure ?

— Peut-être, répondit-il d'un ton évasif.

Une fois Julia et Natasha parties, il s'occupa d'Emily, qui lui offrit son plus beau sourire.

— Petite coquine ! Tu es si drôle quand tu fais ces mines…

Que ressentait donc un père avec un enfant de l'âge d'Emily ? Était-ce la même émotion que celle qui était en train de naître en lui ?

Le gazouillis se mua en petite plainte lancinante, aussi sortit-il le biberon de son étui isotherme pour le donner à la fillette.

— C'est bon ?

Le léger gargouillis qui suivit l'en convainquit et, une fois la dernière goutte de lait avalée, il entreprit de tapoter le dos d'Emily.

Isobel fit irruption au moment précis où un rot sonore jaillissait des lèvres roses de la fillette.

— Tu te rends compte ? dit-il, ébahi.

Loin de partager sa joie, Isobel le fixa froidement, sans lui sourire.

— Tous les bébés font ça.

Ce ton…

Cette froideur, aussi.

— La discussion avec ces dames aurait-elle été plus ardue que prévu ?

— Tout va bien, répondit sèchement Isobel. Emily n'a pas pleuré ?

— Pas du tout.

Un sourire se peignit enfin sur son visage.

— Quelle gentille petite fille. Bon, je venais te dire que nous partons pour l'église. Natasha pense que tu peux rester ici, si tu préfères.

Pourquoi avait-il le sentiment qu'Isobel était en train de le mettre à l'épreuve ?

— Je serais ravi de t'accompagner là-bas, tu sais.

De nouveau, ce regard dubitatif sur lui.

— En es-tu sûr ?

— Mais oui ! Au moins nous serons ensemble durant le trajet, sans compter que tu pourras faire un câlin à la petite.

Sa réponse déstabilisa un court instant Isobel, sans qu'il en comprenne pour autant la raison.

— Oh ! OK ! Oui, après tout, pourquoi pas. Merci.

Alors qu'il quêtait une explication dans son regard, Isobel détourna la tête.

Une fois en voiture, Jake voulut reprendre la conversation mais ne s'attira qu'une série de monosyllabes.

Le restant du trajet se déroula dans une ambiance inconfortable.

Une fois qu'il se fut garé sur le parking de l'église, Isobel lui adressa un sourire mielleux.

— Si tu veux, tu peux venir à l'intérieur. Tu y trouveras peut-être ce qui semble t'intéresser.

Le propos le laissa perplexe.

— Que veux-tu dire ?

De nouveau, ce regard méfiant.

— Oh ! Je te laisse y réfléchir.

Et elle le quitta pour se diriger vers la charmante église en brique devant laquelle Natasha et sa fille étaient en grande discussion.

Alors que Jake se perdait en conjectures, un tumulte de voix contrariées lui parvint par la vitre entrouverte, puis les quatre femmes entrèrent dans l'église.

Revoir Julia, même de loin, accentua un peu plus le malaise qui était le sien depuis tout à l'heure et, peu à peu, il lui vint à nouveau à l'esprit que sa discussion récente avec cette jolie blonde était la cause de la mauvaise humeur d'Isobel.

Qu'avait-elle donc été imaginer ?

Que Julia et lui projetaient de se revoir ?

Un petit cri fusa du siège arrière et, attendri, il se tourna vers Emily. Il lui sourit, caressa sa minuscule main de poupée et y déposa un léger baiser.

— Oui, oui, ma belle, je ne t'oublie pas.

Après être descendu de voiture, il sortit la fillette de son siège puis, la tenant serrée contre lui, il prit le chemin de l'église.

Le lieu était solennel, et il en fut malgré lui impressionné.

Tandis que Jim, le futur marié, se tenait près de l'autel, Lucy répétait sous la direction d'Isobel ce qu'elle aurait à accomplir le jour du mariage.

Au vu du caractère fantasque de Lucy, il éprouva une soudaine pitié pour Jim, d'autant plus que la belle-mère, Natasha, paraissait encore plus imprévisible que sa fille.

Plus tard, l'hymne nuptial retentit et la façon qu'eurent Jim et Lucy de se regarder le fit un peu changer d'avis.

Indéniablement, ces deux-là s'aimaient et feraient ce qu'il fallait pour venir à bout de leurs différences.

Il s'apprêtait à sortir de l'église quand un parfum capiteux vint agacer son odorat.

— Eh, rebonjour, cher monsieur !

Julia !

— Rebonjour, dit-il, contrarié.

Alors qu'elle avait écouté l'orgue avec une mine ravie, Emily se mit à pleurnicher en entendant la voix de la blonde.

— Qu'avez-vous pensé de la répétition ? demanda cette dernière sans se soucier de la petite.

Avant qu'il ait pu improviser une réponse, elle reprit la parole :

— Une vraie réussite, n'est-ce pas ? Et Lucy qui semblait si émue… Moi, pour ma part, je ne peux dire que je l'envie.

— Tiens, et pourquoi donc ?

De la part d'une demoiselle d'honneur, une telle remarque avait de quoi surprendre.

— Eh bien, figurez-vous que je sors à peine d'une

relation tumultueuse, alors pas question pour moi de rêver de mariage ou même de fiançailles.

— Je vois…

De sa main baguée, Julia effleura la manche de sa veste, et Jake s'empressa de reculer.

— Pour parler franchement, j'ai envie de m'amuser avec un homme libre, disposé à prendre du plaisir sans se creuser la cervelle. Et sachez, cher monsieur, que vous me plaisez beaucoup.

Incroyable !

— C'est que…

Julia griffonna quelques mots sur un bout de papier.

— Voilà mon nom, mon numéro de téléphone. Et c'est quand vous voulez.

Déjà, elle s'éloignait en laissant dans son sillage ce parfum entêtant qui déplaisait tant à Emily.

Jamais, même pour tout l'or du monde, Jake n'aurait pu s'intéresser à une telle femme. Une créature qui, en dépit de sa beauté, de son allure, de sa poitrine généreuse, ne lui inspirait strictement rien, pas la moindre parcelle de désir.

Devait-il la rattraper pour lui rendre son billet ?

Elle était déjà loin et il ne pouvait être question de créer un scandale, d'autant que Lucy, Natasha et Isobel se dirigeaient vers lui.

Pour couper court à d'éventuelles questions d'Isobel, et aucune corbeille à papier n'étant en vue, il glissa, sans même le lire, le billet dans sa poche.

Pense plutôt à ce prochain conseil d'administration qui va te permettre de prendre le contrôle du groupe Cartwright, et de reléguer ton père aux oubliettes.

Pouvait-il tirer un trait sur Isobel, sur ce qu'elle représentait toujours pour lui, au risque de nouvelles souffrances ? En serait-il seulement capable ?

— Alors, la petite a été sage ? demanda Isobel en

s'approchant d'Emily avec qui elle échangea quelques risettes.

— Très sage.

— Il me semblait bien l'avoir entendue pleurer, un instant plus tôt. Et que te voulait Julia ?

— Dire au revoir à Emily qu'elle trouve si mignonne.

Isobel lui jeta un regard glacial et lourd de sous-entendus.

— Et prendre aussi congé de toi, je suppose ?

— Oh ! Nous avons à peine échangé deux mots.

Ainsi, elle était jalouse…

— En tout cas, merci de t'être occupé d'Emily, dit-elle d'un ton sec. Dès que j'aurai donné mes instructions au photographe, nous pourrons partir.

— C'est quand tu veux…

Isobel joua encore un instant avec Emily, puis elle s'éloigna sans le regarder, ce qui confirma ses soupçons et lui fit maudire Julia.

En fait de page à tourner, c'était bien une nouvelle feuille blanche qu'il conviendrait sans doute de remplir. Une fois pour toutes ?

Les pâtes à l'italienne de Jake sentaient délicieusement bon. Pourtant Isobel fit la moue.

Ressaisis-toi, voyons !

Que Jake ait un faible pour Julia n'était pas son affaire et il avait bien le droit de flirter avec qui il voulait.

Pourtant elle ne pouvait oublier qu'elle les avait surpris en grande conversation dans l'église, un peu plus tôt.

À quoi t'attendais-tu, idiote ? Julia est belle, riche, élégante, alors forcément, elle n'a pu que plaire à Jake.

— Prête pour le festin du siècle ? demanda ce dernier.

— Je n'ai pas beaucoup d'appétit.

L'estomac noué, Isobel s'obligea à goûter aux pâtes parfumées au basilic, à la tomate et à l'huile d'olive.

— Mmm, quel chef tu fais ! s'exclama-t-elle.

Visiblement content, Jake se servit à son tour avant de se rasseoir.

— Tu méritais bien quelques efforts de ma part, surtout après la façon magistrale dont tu as dirigé la répétition. Parvenir à ramener le calme entre la mère et la fille n'était pas une mince affaire. Tu pourrais même mettre ce succès en avant pour ta publicité.

Lui avait-on jamais tenu propos plus aimables ?

— Merci, Jake. Et merci d'avoir si bien pris soin d'Emily.

Et de Julia, aussi...

Jake eut un sourire.

— Cette petite est adorable. Elle et moi, nous communiquons de mieux en mieux, tu sais.

— Quand je vous observais de loin, j'ai eu l'impression qu'Emily n'appréciait pas tant que ça la présence de Julia, je me trompe ?

Ma fille, tu vas au-devant des ennuis.

Après un silence, Jake reprit la parole :

— Emily a l'odorat sensible, et le parfum de Julia lui a paru sans doute un peu trop capiteux.

Isobel regarda Jake droit dans les yeux.

— Un vrai parfum de femme fatale, n'est-ce pas ?

— Pour être franc, j'ai horreur des femmes trop parfumées.

— Lucy prétend que Julia est très amusante et que les hommes recherchent sa compagnie.

Que crois-tu que Jake va te répondre, à présent ?

Une moue de réprobation s'inscrivit sur le visage de Jake.

— Dis-moi, allons-nous parler encore longtemps de Julia ? Les pâtes refroidissent...

Cette fois, il n'était plus question de reculer.

— Qu'as-tu pensé d'elle exactement ?

— Pardon ?

— Julia… Que penses-tu de cette femme, Jake ?

Il reposa sa fourchette.

— Pourquoi cette question ?

— Oh ! Comme ça. Elle semblait si curieuse de te connaître ; et toi, tu lui as tout de même fait la conversation, non ?

— Par politesse.

Tu marches sur des œufs, ma fille !

Savoir que cette blonde et Jake s'étaient rapprochés l'un de l'autre la rendait folle de jalousie.

— Vois-tu, reprit-elle, si par hasard cette fille t'intéressait, eh bien, il me serait facile de te donner des renseignements sur elle.

Le regard de Jake n'exprima qu'ennui et lassitude.

— Je ne suis pas intéressé par Julia, alors inutile de te renseigner sur son compte. Enfin, Iz, est-ce donc si difficile de me croire ? Qu'es-tu en train d'imaginer ?

La réponse ne la satisfit pas autant qu'elle l'aurait espéré.

— Allons, Jake, tu ne vas pas me faire croire qu'une beauté blonde aux longues jambes comme elle peut laisser un homme comme toi indifférent ? Julia est mannequin et ne manque pas de prétendants.

— Tu es en train de me faire l'article ?

— Outre sa beauté, elle est intelligente, diplômée d'Oxford et elle vient d'un excellent milieu.

Comme Anna, en somme.

Jake eut un petit rire.

— Julia a des atouts à ne pas négliger, c'est sûr. Et quoi d'autre la concernant ?

— Elle adore voyager. Elle aime les Bahamas, l'île Maurice. La jet-set se l'arrache, alors j'ai pensé que toi…

— Tu as pensé quoi ? Voyons ! Je t'assure que je n'ai

aucunement l'intention de m'embarrasser d'une femme de ce genre, et encore moins de l'emmener en voyage à l'autre bout de la terre.

Avec ses traits fins et virils, son nez droit, sa mâchoire carrée, jamais l'homme qui lui faisait face ne lui avait inspiré autant de désir.

Mais pourquoi voulait-elle à tout prix s'imaginer qu'il lui mentait ?

— Bon, OK, je te crois.

— Enfin !

Alors qu'elle répondait au sourire de Jake, son portable sonna. Elle décrocha et reconnut la voix de Caro.

8

— Tout va bien, Caro ?

Par discrétion, Jake allait s'éloigner quand Isobel lui fit signe de rester à ses côtés.

— Si ça ne te dérange pas, j'active le haut-parleur, déclara-t-elle à l'attention de son interlocutrice.

Au moins, il ne se sentirait pas tenu à l'écart…

— Bien sûr ! entendit-il Caro répondre. Et comment se passe le séjour à la campagne ?

— Emily est adorable, un vrai trésor. Et toi, où en es-tu ?

— J'ai rendez-vous demain avec Martin.

Après avoir échangé un regard dubitatif avec Isobel, Jake prit la parole :

— Crois-tu que l'idée soit bonne ?

— Je suis lasse de fuir et de me cacher, répondit Caro, c'est pourquoi j'espère obtenir de Martin la promesse qu'il nous laissera tranquilles, Emily et moi.

Isobel intervint :

— Comment comptes-tu t'y prendre ?

— Selon mon avocat, j'ai la loi pour moi. Si Martin tente un coup de force, il retournera directement en prison.

— Où dois-tu le voir ?

— Chez lui, déclara Caro d'un ton mal assuré.

Jake fronça les sourcils.

— Pourquoi ne pas confier à ton avocat le soin de parler à Martin ? dit-il. Demande-lui au moins d'être présent lors de votre entretien. Peut-être même pourrait-il suggérer que la rencontre se fasse à son cabinet ?

— Martin s'y refuse.

Au tour d'Isobel de froncer les sourcils.

— Tu joues avec le feu, Caro.

— Je n'ai pas le choix.

— Bien sûr que si. Exige au moins de Martin que votre rencontre se déroule dans un lieu public.

— Il s'y refuse et moi, je veux à tout prix qu'il me promette de nous laisser tranquilles, la petite et moi. Comprends-tu ?

— Je comprends, répondit Isobel, mais fais-toi au moins accompagner.

— C'est inutile. Dès que j'aurai vu Martin, je vous recontacterai, Jake et toi, car j'ai hâte de revoir ma petite Emily. Embrassez-la de ma part et merci pour tout.

La communication fut coupée.

— Quelle tuile ! s'exclama Isobel, une main machinalement posée sur son ventre comme pour protéger l'enfant qui aurait pu s'y trouver.

Furieux, Jake arpenta le salon dans l'espoir de calmer ses nerfs.

— Tu l'as dit, oui, c'est une vraie tuile, mais que faire ?

Isobel se leva à son tour.

— Jake, nous ne pouvons pas laisser Caro aller à ce rendez-vous avec ce Martin de malheur.

— C'est de l'inconscience, en effet.

L'expression d'Isobel trahissait la peur, le souvenir de drames passés.

— Peut-être bien, Jake, mais pour comprendre Caro, il faudrait que tu aies vécu ce qu'elle a vécu.

— Où veux-tu en venir ?

— Caro a une peur bleue de Martin et, en même temps, elle voudrait lui arracher la promesse qu'il cessera de la battre et, surtout, qu'il ne touchera jamais à Emily.

Jake sentit la colère l'envahir.

— Es-tu en train de me dire que Martin pourrait s'en prendre non seulement à Caro mais aussi à leur fille ?

— J'en ai bien peur, oui. Tu dois savoir aussi que Caro a encore des sentiments pour Martin. Elle espère que son séjour en prison l'aura changé et elle attend de lui la promesse qu'il cessera d'être violent, comprends-tu ?

Pour raisonner ainsi, et pour avoir dans le regard cette expression d'effroi, Isobel avait forcément vécu ce genre de drame, ce qui le mit hors de lui.

— Iz, viens ici, près de moi.

Il prit sa main dans la sienne, la serra avec force.

— Quand tu m'as parlé de ta mère, de ce Simon qui la battait, j'ai cru comprendre que tu avais été épargnée par cette brute…

Quelques larmes perlèrent sur les joues d'Isobel.

— Oh ! J'ai reçu quelques coups, rien de grave en comparaison de ce que maman a enduré. J'avais un an quand papa est mort ; ensuite, maman a rencontré Simon.

— Ils se sont mariés ?

— Oui, ma mère avait cru qu'il saurait l'aimer et qu'il m'aimerait aussi. En fait de prendre soin de nous, Simon s'est révélé être une brute de la pire espèce.

S'il avait tenu ce Simon entre ses mains…

Isobel réfréna un sanglot.

— Simon était sujet à des accès de colère. Il se muait en fou furieux et les coups pleuvaient. Chaque fois qu'il frappait ma mère, j'avais mal pour elle.

Comme hantée par ce passé douloureux, elle serra les poings.

— Ma mère faisait tout pour satisfaire Simon et, en

dépit des coups reçus, elle gardait l'espoir qu'il changerait et deviendrait meilleur. Et Simon promettait qu'il s'améliorerait et que, bientôt, leur vie serait heureuse…

— Parle-moi de toi, Iz, dit-il en l'enlaçant. Ce Simon t'a vraiment battue ?

— Je n'ai eu à déplorer que des gifles, quelques bleus tout au plus.

Le regard d'Isobel exprimait une profonde détresse, des larmes coulaient sur ses joues.

— Simon prétendait que, par mon attitude, je le poussais à s'énerver contre maman. Un vrai salaud ! Et quand je m'interposais, il promettait d'être deux fois plus méchant avec elle et de m'obliger à assister à la correction.

— Pourquoi ne pas avoir alerté la police, Iz ?

— Ce monstre avait menacé de tuer maman si je le faisais et, à l'époque du moins, j'étais persuadée qu'il ne plaisantait pas.

— Ta mère aurait pu partir ?

— Je l'ai suppliée mille fois de le faire, d'aller dans un refuge pour femmes battues, mais elle avait bien trop peur pour moi, comprends-tu, peur que Simon ne se venge si elle le quittait.

L'explication lui parut sujette à caution.

— Attends, Iz, bien des femmes confrontées à ce genre de situation partent avec leurs enfants.

— Je sais, Jake, mais je crois que maman ressentait un attachement réel pour Simon et que le quitter n'allait pas de soi. En fait, quand Simon était dans son état normal, il se répandait en mots d'amour pour ma mère, et elle a dû le croire.

Au ton d'Isobel, il était clair que, sur ce point précis, elle en voulait à sa mère et qu'elle lui reprochait sa faiblesse vis-à-vis de ce mari violent.

— Aucune parole ne réparera jamais ce que tu as subi, dit-il, mais sache que je suis avec toi.

Le regard d'Isobel se fit lointain.

— Désolée de m'être épanchée ainsi. Je... je ne cherche pas ta pitié.

— Qui parle de pitié ? D'avoir tenu bon au long de ces années de violence dénote chez toi une bravoure dont peu seraient capables.

— Merci, Jake, mais assez parlé de moi. L'important est de tirer Caro de ce mauvais pas. Nous devons à tout prix l'empêcher de voir Martin en tête à tête.

C'était l'évidence même.

— Nous devons aussi protéger Emily, rappela-t-il.

— Évidemment ! La petite passe avant tout et c'est en sauvant la mère qu'on sauvera aussi la fille, déclara Isobel d'une voix tendue par l'émotion.

C'en fut assez pour qu'il prenne sa décision.

— J'accompagnerai Caro à ce rendez-vous avec Martin. Stefan et trois vigiles nous feront escorte.

— Jamais Caro n'acceptera, déclara Isobel d'un ton soucieux.

— Elle n'aura pas le choix. Soit elle coopère et tout se passera bien, soit je m'opposerai à ce que nous lui rendions Emily et j'alerterai les services sociaux.

— Voyons, Jake, nous ne pouvons...

— Il en va de la sécurité d'un bébé, Isobel, et je ne transigerai pas. Martin serait bien capable de persuader Caro qu'il a changé depuis son séjour en prison et qu'il peut donc s'occuper de sa fille. Veux-tu que Caro et Emily connaissent le même sort que toi et ta mère ?

Après un long silence, Isobel leva sur lui un regard empreint de reconnaissance.

— Tu as raison, c'est la seule solution. Et telle que je connais Caro, elle préférera encore se faire accompagner à ce rendez-vous plutôt que de risquer de perdre la garde d'Emily.

L'évidence même.

— Reste à trouver une solution à long terme car nous ne pouvons pas placer éternellement Caro et sa fille sous protection, dit Jake.

Isobel eut un hochement de tête approbateur.

— Il faudrait une structure d'accueil adaptée, un endroit où Caro et la petite seraient enfin en sécurité. Ce que je n'ai jamais pu obtenir pour ma mère, je le veux pour elle qui est mon amie, et pour Emily aussi bien sûr.

— Bravo !

Isobel se serra contre lui.

— Dès maintenant, je vais me mettre en quête d'un tel endroit, puis je téléphonerai à Caro. Oh ! Jake, comme je te suis reconnaissante de faire ce que tu fais pour moi, pour Caro et sa fille !

Il réfréna l'envie de l'embrasser dans la nuque.

— Emily est très attachante et Caro a été, naguère, une véritable amie pour nous deux.

Non seulement il ferait tout pour assurer la sécurité d'Emily et de Caro, pour empêcher cette dernière de succomber aux avances d'un Martin, mais il était également déterminé à veiller sur Isobel et à lui assurer une vie aussi heureuse et harmonieuse que possible.

Le lendemain, à son réveil, la première pensée d'Isobel fut pour Caro. Son amie avait finalement accepté d'être accompagnée par Jake et Theo, l'avocat qu'elle s'était choisi.

Pour l'avoir vécu, Isobel savait combien une femme privée de son enfant par les services sociaux perd tout espoir de bonheur, aussi était-elle décidée à soutenir son amie autant de temps qu'il serait nécessaire.

Jamais elle n'oublierait le jour où, sur décision des juges, on l'avait arrachée à sa mère, qui en avait pleuré de désespoir.

Sans doute Isobel aurait-elle dû s'abstenir de se plaindre, ou mieux dissimuler les marques des coups que lui infligeait Simon, bien que ça lui semble, aujourd'hui être le comble de l'absurdité.

Néanmoins, elle continuait de ressentir une sourde culpabilité, à se dire que, à cause de sa maladresse, l'administration avait détruit le fragile équilibre affectif qui la liait alors à sa mère.

Chassant ses idées noires, elle expédia sa toilette et rejoignit Jake, déjà prêt à partir, dans le salon.

— Fais attention et prends-soin de toi et de Caro, n'est-ce pas ?

Le regard qu'il lui adressa se voulait rassurant.

— N'aie crainte. Martin sort de prison et, au moindre faux pas, il sait qu'il y retournera, alors il se tiendra tranquille.

D'autant que Stefan, le chef des vigiles de l'hôtel Cartwright de Mayfair, serait présent, ainsi que d'autres gardes, sans oublier l'avocat personnel de Caro.

Isobel se laissa aller à sourire.

— Bon, tant mieux. Et tu sais, Caro est d'accord pour aller avec Emily dans ce foyer où elle sera à l'abri de Martin et où elle pourra aussi parler à une psychologue.

— C'est formidable !

— Oui, d'autant qu'une place doit s'y libérer prochainement.

Et elle vanta les mérites du centre en question qui, en plus de l'accueil des femmes en détresse, s'occupait aussi de leur trouver du travail et un logement, le moment venu.

— Iz, nous en parlerons plus tard…, dit Jake après avoir consulté sa montre.

— Bien sûr.

Que n'aurait-elle fait pour retenir Jake encore quelques

minutes tant elle redoutait cette confrontation entre Martin et lui ? ce qui, bien sûr, était absurde puisqu'elle se refusait aussi à laisser Caro sans défense.

— Tu seras prudent ? demanda-t-elle une fois de plus.

— Promis.

— Stefan et les autres vigiles t'accompagnent, n'est-ce pas ?

— Oui, et Caro sera entre de bonnes mains.

— Je le sais, mais c'est à toi que je pense, Jake. Je… Tu comptes pour moi, comprends-tu.

La vie pouvait être si fragile !

Son père était mort au cours d'un affrontement avec la police quand elle était encore toute petite, et par la suite, sa mère et elle avaient connu l'enfer.

Le sourire de Jake.

— Toi aussi, Isobel, tu comptes pour moi.

Allait-elle le laisser partir ainsi ?

— Attends ! J'ai encore quelque chose d'important à te dire.

— Je t'écoute.

— Eh bien, ça concerne Anna et toi.

— Alors ?

— Je crois maintenant qu'Anna a menti. Allez, pars, sinon tu arriveras en retard au rendez-vous. Et bonne chance !

Jake lui caressa la joue.

— Nous aurons beaucoup à nous dire à mon retour. Merci de me faire confiance, Iz, dit-il avant de s'éloigner.

Si elle prit plaisir à veiller sur Emily, les heures lui parurent interminables.

Enfin, l'appel tant attendu arriva.

— Tout s'est bien passé, déclara Jake d'une voix satisfaite. Carole est avec moi. Nous allons rentrer. Elle se réjouit de revoir Emily.

— Bravo !

Après quelques mots chaleureux, la communication fut coupée et Isobel donna son bain à la fillette qui lui offrit un concert de rires et de gazouillis.

— Tu vas bientôt revoir ta maman !

Vêtue d'un babygro blanc orné de fleurs roses, Emily était irrésistible.

Le moteur de la limousine retentit à l'extérieur.

Tel un ouragan, Caro entra dans la pièce et se précipita sur sa fille. Cette dernière ouvrit de grands yeux en reconnaissant sa mère.

— Chérie, ma toute petite !

En dépit de sa fatigue, de ses yeux cernés, Caro rayonnait.

— J'ai vécu des heures terribles, Iz. Grâce à toi, grâce à Jake et Theo, le cauchemar s'est dissipé.

Jake fit son entrée en compagnie d'un homme grand et mince aux cheveux noirs, au visage viril.

— Theo, mon avocat, dit Caro en rougissant. Nous nous sommes connus à l'université, avant que je renonce à poursuivre mes études. Il m'a formidablement aidée dans cette affaire.

— Caro exagère, déclara l'avocat. Grâce à Jake et à Stefan, nous ne risquions rien.

Le visage avenant de l'homme de loi et ses yeux attentifs, presque malicieux, lui inspiraient confiance.

Jake intervint :

— Nous formions une belle équipe, et Martin a dû s'incliner.

Emily blottie contre elle, Caro s'assit.

— Martin s'attendait à me voir seule et, bien sûr, il a été déstabilisé. Il a voulu protester, mais Jake a fait un pas en avant et ça l'a refroidi. Après ça, Martin a promis qu'il ne chercherait pas à s'approcher d'Emily, ni de moi bien sûr.

— Et ça t'a rassurée ? demanda Isobel, un peu dubitative sur la confiance qu'il fallait accorder à la parole d'un homme tel que Martin.

— Non, pas vraiment, et c'est pourquoi j'ai appelé le foyer sur le chemin du retour. Par chance, ils peuvent m'accueillir avec Emily dans trois jours.

Isobel soupira de soulagement.

— Que comptes-tu faire en attendant ? Si tu veux, tu peux t'installer chez moi…

— J'irai chez Theo car Martin ignore son adresse. Et puis, Jake a proposé que Stefan nous protège, alors nous ne craignons plus rien.

Isobel aurait préféré veiller en personne sur Caro, mais le regard intense et chaleureux que son amie échangea avec Theo l'en dissuada.

— Alors c'est parfait, déclara-t-elle en souriant à Caro et à Emily, qui lui fit une risette.

La journée se déroula dans la bonne humeur. Elle échangea avec Caro des nouvelles jusqu'au coucher du soleil, renouant ainsi le fil de leur amitié.

Quand Theo, Caro et Emily furent sur le départ, Isobel ne put s'empêcher d'étreindre son amie.

— Prends-soin de toi et de la petite.

— Promis, déclara Caro. Jamais je ne vous remercierai assez, Jake et toi, pour avoir volé ainsi à notre secours.

L'émotion fut grande de part et d'autre, et puis les feux arrière de la voiture de Theo s'estompèrent dans le lointain.

— Et voilà, mission accomplie, dit Jake avec un petit sourire las.

Se pouvait-il qu'il soit aussi nostalgique qu'elle-même l'était ? se demanda Isobel.

— C'est étrange, n'est-ce pas ? Emily n'est ni ta fille ni la mienne, et pourtant elle me manque déjà, déclara-t-elle d'une voix rauque.

Jake hocha la tête.

— Son absence va nous peser mais, au moins, sommes-nous encore ensemble, toi et moi.

Ces quelques jours avaient contribué à les rapprocher, au point que la pensée de quitter bientôt Jake la remplissait de tristesse.

Pourquoi n'admets-tu pas une fois pour toutes que tu es amoureuse de cet homme ?

Certes, elle admettait qu'il ait pu dire la vérité, six ans plus tôt, mais n'était-il pas trop tard pour se raccommoder sentimentalement avec lui ?

Après s'être approché, Jake lui caressa le visage puis la regarda dans les yeux.

— Cesse donc de te tracasser, Iz. Nous avons fait ce qu'il fallait, n'est-ce pas l'essentiel ?

— Oui, évidemment…

— Si tu veux mon avis, il serait prudent de continuer à veiller sur Caro et Emily, car Martin n'en restera pas là.

— Tu crois ?

— J'en mettrais ma main au feu, répondit Jake. Ce type est un violent, un sanguin, qui a été humilié par notre coup de force et qui va vouloir se venger. S'il ignore encore l'adresse de Theo, il pourra l'obtenir en consultant les annuaires professionnels.

Isobel frémit comme la vision d'un Martin fou de rage assaillant Caro et kidnappant Emily lui traversait l'esprit.

— C'est horrible. Que faire, alors ?

— Tranquillise-toi, Theo et moi avons convenu d'un plan, tout à l'heure, hors de la présence de Caro.

— Un plan ?

— Même si Martin parvient à dénicher l'adresse de Theo, il fera chou blanc car il n'y trouvera personne.

— Comment ça ?

— Theo n'emmène pas Caro et Emily chez lui, mais chez l'un de ses amis propriétaire d'une ferme isolée dans le pays de Galles. La ferme est entourée d'hectares de prés et de collines, et les chiens de cet ami sont, selon Theo, de féroces gardiens.

Son soulagement fut grand.

— C'est une idée lumineuse. La meilleure façon de couper l'herbe sous les pieds de Martin.

— Exactement.

Elle se jeta dans les bras de Jake.

— Je ne sais comment te remercier. Tu es formidable !

— En fait, l'idée vient de Theo et de Stefan. Mon chef de la sécurité s'est pris d'affection pour Emily et c'est lui qui a suggéré de tromper ainsi l'adversaire, mais il reste encore un point à régler.

Le changement d'expression de Jake suscita en elle une crainte diffuse.

— Lequel ? Que veux-tu dire, au juste ?

— Si Martin ne parvient pas à retrouver Caro et Emily, alors il se retournera contre toi et moi. Il cherchera à coup sûr à nous faire du mal… et qui sait jusqu'où un homme aussi violent que lui pourrait aller ?

Isobel n'avait pas pensé à cet aspect des choses.

— Oui, tu as sûrement raison, mais que faire ?

— Nous pourrions rester ensemble, car nous serons mieux armés pour nous défendre.

— Rester ensemble ? Veux-tu dire que…

— Seulement pour quelques jours, le temps que Martin se calme, ajouta Jake.

Si une part d'elle-même était prête à accepter cette surprenante proposition, il n'en demeurait pas moins que leur relation était au point mort depuis six ans et que la prudence lui conseillait de reprendre son existence sans lui.

Jake !

Une cohabitation prolongée avec cet homme pouvait s'avérer périlleuse car, oui, il lui plaisait toujours, et même peut-être plus que par le passé.

De quoi lui ouvrir de nouveaux horizons autant qu'une crainte certaine pour son avenir immédiat.

9

Les feux du crépuscule coloraient les feuilles des arbres de reflets dorés, mais Jake n'en avait cure car il était trop impatient de connaître la réponse d'Isobel à sa proposition.

— En un sens, j'aimerais rester mais est-ce une bonne idée ?

Un regard échangé.

— Accepter est le meilleur moyen de le savoir, dit-il.

Enfin, ce sourire espéré d'Isobel.

— Oui, sans doute as-tu raison.

— J'ai raison, déclara-t-il avec force. Comme j'ai eu raison, naguère, de vouloir te convaincre de ma bonne foi alors que tu préférais croire Anna et ses élucubrations.

Les joues d'Isobel s'empourprèrent.

— Je m'en veux encore, tu sais. À l'époque, je me faisais des hommes une idée fausse : tous ou presque représentaient pour moi des Simon en puissance.

— Ta mère…

— Oui, comment oublier que maman avait laissé Simon la battre et qu'elle ne mettait pas en doute sa parole alors qu'il la trompait tant et plus ?

— Je comprends.

— Simon pouvait lui raconter n'importe quel bobard et, par amour pour lui, elle y ajoutait foi. De même, elle s'imaginait qu'il cesserait un jour d'être violent, ce qui, bien sûr, n'est jamais arrivé.

Comme Isobel frissonnait, il la prit dans ses bras et lui caressa la nuque.

— Calme-toi, voyons !

— Oh ! N'aie crainte, je ne vais pas m'effondrer, mais sache que jamais je n'accepterai ce que ma mère a accepté de cet homme. À chaque coup que ce salaud de Simon lui infligeait, je faisais des vœux pour qu'elle lui rende la pareille ou qu'elle le quitte enfin, mais je n'ai jamais été exaucée.

— Ta mère avait peur.

— Oui, autant que j'avais peur de cette brute mais, moi, j'étais petite ! Pauvre maman… Dommage qu'elle n'ait jamais trouvé la force de réagir. En tout cas, moi, je me suis promis de ne pas souffrir à cause de mes sentiments pour un homme.

— C'est compréhensible, dit-il en accentuant son étreinte autour des épaules d'Isobel. Tu pensais que je t'avais trompée avec Anna et, bien sûr, il ne pouvait être question pour toi de poursuivre notre relation.

— C'est ça. Après les mensonges et les trahisons, j'étais persuadée que tu en viendrais à me battre comme Simon avait battu maman, et c'est ce qui m'a donné la force de rompre avec toi.

Un long silence succéda à cette brûlante confession.

— Merci de ne plus douter de ma parole, Iz.

Une ombre de tristesse voila le regard d'Isobel.

— Je n'aurais jamais dû ajouter foi aux déclarations d'Anna. Si je t'avais cru à l'époque au lieu de t'accuser de m'avoir trompée, qui sait si nous n'aurions pas formé un couple heureux ?

Avec ses longs cheveux, dorés par les reflets du soleil couchant, jamais Isobel ne lui avait paru si émouvante.

Aussi réfléchit-il à deux fois avant de livrer une vérité qui risquait fort de la contrarier.

— Selon toute probabilité, j'aurais forcément fini par gâcher notre relation.

— Comment ça, Jake ?

— J'étais très jeune alors et rien ne permet de dire que j'aurais pu ou su te rendre heureuse.

C'était dit !

La tristesse ombra le visage d'Isobel.

— Parles-tu sérieusement ? Ces derniers jours, autant que j'ai pu en juger, tu étais très attentionné, tant envers moi qu'envers Emily.

— Il s'agissait de circonstances exceptionnelles.

Depuis quatre ans, son but suprême était le contrôle de Cartwright et il espérait bien profiter de la prochaine assemblée pour arriver à ses fins.

— Mais nous avons été si proches depuis nos retrouvailles ! déclara Isobel d'une voix chagrinée.

— Je sais, mais il n'en demeure pas moins qu'à mes yeux le travail passe avant tout. Et en ce qui te concerne, il m'a semblé que ta carrière démarrait en flèche, et que tu y attachais aussi une certaine importance.

— Oui, le travail compte beaucoup pour moi, confirma Isobel en lui offrant un sourire qui lui sembla un peu forcé.

Se pouvait-il que, contre toute attente, Isobel ait pour lui des sentiments amoureux ?

— Ah, tu vois que j'avais raison, s'empressa-t-il de répondre d'un ton prudent. Et puis, à quoi bon tirer des plans sur la comète puisque la réalité est que nous vivons séparés depuis déjà six ans.

— Tout à fait d'accord, dit Isobel sans le regarder en face. Donc, d'après toi, le mieux serait que je parte tout de suite ?

Un vent de panique le traversa.

— Je n'ai jamais dit ça, voyons ! Reste avec moi au moins durant le week-end et, dès lundi prochain, nous aviserons de la conduite à tenir.

Un long silence suivit.

— OK, l'idée me plaît, répondit Isobel.

— Bravo ! Et pour fêter l'événement, je t'invite ce soir dans un piano-bar d'Oxford réputé pour ses cocktails.

— Mmm, ça semble alléchant…

Le sourire d'Isobel relégua à l'arrière-plan sa sacro-sainte carrière, et tant pis pour lui s'il jouait avec le feu.

— Pourquoi n'irais-tu pas te préparer ? dit-il. Moi, pendant ce temps-là, j'en profiterai pour mettre à jour ma correspondance.

Une fois seul, il alluma son ordinateur.

Aucun des membres du conseil d'administration n'avait jugé utile de prendre de ses nouvelles, ni de lui en donner, ce qui ne manqua pas de l'inquiéter d'autant qu'on approchait de la date fixée pour la prochaine assemblée.

Il envoya à son assistante un message urgent afin qu'elle le rappelle au plus vite car il ne pouvait être question de laisser un autre que lui prendre le contrôle de la société fondée par son grand-père.

Ses soucis se dissipèrent au retour d'Isobel qui, maquillée, ses longs cheveux flottant sur ses épaules, ne lui avait jamais semblé plus belle, plus désirable.

— Comment me trouves-tu ?

— Superbe ! Et maintenant, dépêchons-nous. Le taxi ne devrait pas tarder.

— Le taxi ?

— Les cocktails de ce piano-bar sont délicieux et il n'est pas question que je conduise au retour, expliqua-t-il.

Une demi-heure plus tard, le chauffeur les déposa dans une rue pavée aux réverbères pittoresques.

Les boutiques d'Oxford étaient fermées, mais il prit le temps de montrer à Isobel les principaux monuments de cette ville historique qui accueillait pas moins de trente-huit universités.

— Au XIXe siècle, un poète du nom de Matthew Arnold a appelé Oxford « la ville aux clochers rêveurs », expliqua-t-il. N'est-ce pas une jolie formule ?

— Si ! répondit Isobel avec un regard admiratif pour les toits et les flèches de pierre qui se découpaient dans la nuit naissante. Et je suis heureuse de t'avoir comme guide.

Comme il s'attachait à elle… !

L'assemblée des actionnaires, Jake, rien d'autre ne doit prendre le dessus.

— Continuons la visite, dit-il en s'efforçant d'oublier ses interrogations.

L'Ashmolean Museum et ses colonnades grecques éblouirent Isobel, de même que les universités d'époque et l'imposante bibliothèque fréquentée par tout ce que l'Angleterre avait compté de personnalités politiques et culturelles.

— Et dire que l'histoire de notre pays s'est écrite ici, déclara Isobel après qu'il lui eut conté quelques anecdotes fameuses.

— Oui, on y respire un parfum singulier, celui des grands penseurs, des grands écrivains aussi, comme Thomas Hardy. Tu dois le connaître.

Isobel le regarda gravement.

— Je l'ai étudié à l'école. Savait-il seulement qu'il laisserait une trace derrière lui, que des gens comme toi et moi prendraient plaisir, longtemps après sa mort, à le lire ?

— Il devait l'espérer, sans doute.

— Et nous, Jake, quelle trace laisserons-nous ?

Une question qu'il ne s'était jamais posée.

— Je l'ignore, Iz.

— Avoir des enfants est une façon de laisser une trace de soi, ne crois-tu pas ?

— Si !

Un sourire échangé dans la nuit, sous un réverbère, et leurs doigts s'enlacèrent.

— Le piano-bar dont je t'ai parlé se trouve au bout de cette ruelle, là-bas, sur la droite.

Leurs pas résonnant sur le pavé.

Le sourire d'Isobel…

— Comment as-tu déniché cet endroit ? demanda-t-elle.

— Par une connaissance. La formule du piano-bar m'avait séduit et j'envisage aujourd'hui de l'adopter dans certains de nos hôtels, mais il me reste certains détails à vérifier…

Isobel lui adressa un regard peiné.

— En somme, ton invitation de ce soir est l'occasion pour toi de concilier plaisir et travail ?

— Pourquoi négligerais-je le développement futur de Cartwright ?

Alors que le doute nimbait le regard d'Isobel, Jake pressa l'allure et tous deux furent bientôt rendus devant l'établissement dont l'éclairage tamisé, les murs de brique rouge, les posters de grands jazzmen en faisaient un lieu très à la mode.

Tandis qu'un pianiste de talent jouait en fond sonore des standards de jazz, un serveur vint à leur rencontre.

— Bienvenue ! Une table pour deux ?

— Nous avons réservé. M. et Mme Cartwright.

— Par ici, répondit le serveur tandis qu'Isobel lui lançait un regard pénétrant.

— M. et Mme Cartwright ? Ai-je bien entendu ? murmura-t-elle.

— Bah, c'était plus simple ainsi, dit-il, amusé.

Ils s'assirent à une table située dans une alcôve et le serveur leur remit la carte de l'établissement.

— Houlà ! s'exclama Isobel après avoir consulté la longue liste des cocktails.

— Lequel vas-tu choisir ?

— Je bois rarement, alors je n'ai pas droit à l'erreur. Soit je joue la sécurité et je me contente d'un cocktail classique, aux effets connus, soit je prends un risque.

Un risque…

Celui de faire l'amour, tout à l'heure, une fois de retour au cottage ?

— Vivre sans risque, est-ce vivre ? dit-il après avoir parcouru la carte du regard.

Isobel soupira.

— Tu as raison, bien sûr, mais je suis une femme et j'ai besoin de me protéger.

Levant les yeux vers le serveur, elle ajouta :

— Un cosmopolitan.

Jake porta son choix sur un blue lagoon, qui avait toutes les chances de le surprendre.

— Parfait, déclara le serveur en inscrivant leurs commandes sur son carnet. Et désirez-vous manger avec les cocktails ?

— Un club sandwich avec des frites, dit Jake.

— La même chose pour moi, déclara Isobel.

Tant de prudence de la part de son invitée méritait une petite pique.

— Pourquoi ne pas choisir plutôt le poulet *katsu* au roquefort, histoire de prendre enfin un risque ?

Isobel se mit à rire.

— Ce soir, je veux être sage.

— Au risque peut-être de le regretter ? dit-il avec un regard pénétrant.

Le silence qui suivit pouvait passer pour une approbation et, avant qu'il ait pu renchérir, le serveur revint avec leurs cocktails.

Le sien, d'un bleu troublant, déclencha chez Isobel un nouveau rire.

— Brrr…

— Veux-tu goûter ? Moitié-moitié ?

— Non merci, je me contenterai de mon cosmopolitan.

— Alors buvons à Caro et à notre petite Emily, dit-il.

— Oui, à leur santé, dit Isobel en joignant le geste à la parole. Au fait, qu'as-tu pensé de Theo ?

— Son calme m'a plu. Il aurait été de taille à tenir tête à Martin même sans ma présence et celle de Stefan.

— Et quoi d'autre ?

— Il a la tête sur les épaules et puis, à l'évidence, il se soucie de Caro.

— Je vois…

La mimique d'Isobel révélait une réticence flagrante.

— Quoi ! Theo t'aurait-il déplu ?

— Non, et il semble en effet être l'homme que tu décris. Mais figure-toi que j'ai une théorie sur les femmes battues.

— Laquelle ?

— Elles recherchent toujours le même type d'homme. Au début, quand Caro m'a présenté Martin, je l'ai trouvé sympathique et puis…

Le doute s'immisça en lui.

— Veux-tu dire par là que Theo pourrait s'avérer être un autre Martin ? Que Caro se serait attachée à lui pour de mauvaises raisons ?

— Je n'en mettrais pas ma main au feu mais, oui, c'est en effet possible, répondit Isobel.

— Si je suis ton raisonnement, nos actes à venir, nos choix, nos goûts seraient déterminés par des événements passés ?

— J'en ai peur, en effet. Certains psychologues pensent qu'un enfant battu a des chances de se montrer à son tour brutal, une fois adulte. Une sorte de vengeance…

— Alors, sous prétexte que ton beau-père levait la main sur toi, tu frapperais un enfant ? riposta-t-il.

— Bien sûr que non ! Mais d'autres personnes en seraient capables, de même qu'une femme ayant vécu dans la peur et la dépendance d'un mari violent aura tendance, par la suite, à répéter un schéma identique.

Tout en lui s'insurgeait contre une telle idée.

— Le passé n'est pas obligatoirement un carcan. N'est-ce pas à nous de contrôler notre destinée ?

Isobel eut une moue dubitative.

— En ce qui te concerne, il me semble que les circonstances de ta naissance sont pour beaucoup dans ton refus d'avoir des enfants.

Pas question de rester sans réagir…

— Si je ne veux pas être père, c'est par manque de disponibilité. Actuellement, je serais incapable de donner à un enfant l'attention qu'il mérite, et encore moins de mener une vraie vie de famille.

Mais était-ce donc si sûr ?

Isobel le regarda dans les yeux.

— Comment pourrais-tu mener une vie de famille, ou même savoir ce que c'est, puisque tu n'en as jamais eu ? Et bien sûr, l'argument vaut aussi pour moi.

L'objection lui donna à réfléchir.

— Donc, selon toi, si nous avions connu une enfance traditionnelle, dans une famille unie, avec jardin et petit chien, tout aurait été différent ?

— J'en suis convaincue, répondit Isobel, et si j'ai des moments de tristesse, c'est par nostalgie d'un tel bonheur jamais vécu. Oserais-tu dire que, ces derniers jours, nous n'avons pas, toi autant que moi, pris plaisir à nous occuper d'Emily, à être pour elle des parents de substitution ?

— J'avoue que la petite m'a totalement tenu sous son charme.

Un grand sourire illumina les traits d'Isobel.

— Ah, tu vois ! Et tu t'es fort bien occupé d'elle, à croire que tu avais déjà eu des enfants.

Il ne put s'empêcher de rire.

— Au début, je manquais d'assurance, et puis les choses sont devenues faciles.

Des enfants, oui, pourquoi pas… un jour peut-être. Des enfants qui, bien sûr, auraient les yeux d'Isobel et son sourire…

Attention, ne t'aventure pas sur ce terrain-là !

Mais qu'y pouvait-il s'il lui venait certaines pensées chaque fois qu'Isobel captait son regard ?

Cartwright doit compter plus que tout, idiot ! Rien ne doit prendre le dessus sur ton travail, sur ton ambition de diriger ce groupe et d'y imposer tes idées.

— Alors, déclara Isobel d'un ton plein d'espoir, tu ne serais pas contre le fait, un jour, d'être père ?

— Oh que si ! Sur ce point, je n'ai pas changé d'avis et mon existence actuelle me convient fort bien, s'empressa-t-il de répondre.

— Dommage…

Avoir un jour des enfants, lui ?

Jamais il n'abandonnerait une femme enceinte de ses œuvres ni ne maltraiterait l'enfant né de leur union, mais son seul objectif devait être sa carrière.

Souviens-toi de ton chagrin quand tu as compris quelles avaient été les motivations de Joseph Cartwright.

Isobel prit sa main dans la sienne.

— Je reste persuadée que nous ferions de bons parents, toi et moi.

— Avec le passé douloureux qui est le nôtre ?

Isobel leva son verre.

— N'avons-nous pas pris soin d'Emily au moins aussi

bien que l'auraient fait ses vrais parents ? Alors trinquons à Emily, à nous, à l'avenir…

Pouvait-il refuser ?

— Très bien, alors à l'avenir.

Et, son verre étant vide, il eut un grand sourire.

— Au fait, que dirais-tu d'un autre cocktail ?

Après une hésitation, Isobel se décida.

— Ma foi, je prends le risque. Tiens, le septième dans la liste, à condition qu'il ne ressemble pas à ta mixture bleu ciel.

— J'aime te voir prendre des risques, ma belle.

Les yeux noisette d'Isobel s'illuminèrent d'un vif éclat. Celui-là même qui y brillait, six ans plus tôt, quand tous deux brûlaient de désir l'un pour l'autre.

— Isobel, tu me troubles…

— Toi aussi, Jake.

Alors qu'il se dirigeait vers le bar pour passer commande, son portable sonna.

— Jake ?

— Oui, bonsoir, Bethany…

Et ce que son assistante lui apprit doucha son euphorie naissante.

10

En attendant le retour de Jake, Isobel ne put s'empêcher de laisser ses pensées vagabonder.

Quel bel homme !

Plus encore que six ans plus tôt, elle aimait sa virilité, son assurance, cette capacité à prendre des décisions, à la décharger de ses inquiétudes, le cas échéant.

Hélas, Jake n'avait aucune intention de s'engager avec quiconque, encore moins d'élever des enfants.

— Ton maï taï, déclara-t-il en déposant un verre devant elle.

Elle admira la belle couleur orangée du cocktail.

— Merci. En connais-tu la composition ?

— Rhum, jus d'ananas et une pointe d'amaretto.

Alors que, quelques minutes plus tôt, Jake semblait d'excellente humeur, il affichait désormais une mine maussade.

— Quelque chose ne va pas ?

— Non, rien.

— Si ma présence te dérange, je peux rentrer à Londres plus tôt que prévu.

— Mais non, voyons ! Je viens de recevoir un appel de mon assistante, Bethany. La date à laquelle se tiendra l'assemblée approche et, d'après elle, je risque fort d'être mis en minorité.

Un sentiment de culpabilité l'envahit.

— Ah, tu vois bien ! Sans Caro, sans Emily, tu aurais eu le temps de veiller sur tes intérêts.

Jake eut un tendre sourire.

— Sans Caro et Emily, nous ne nous serions sans doute jamais revus, alors je n'ai aucun regret. Au fait, que dirais-tu de m'accompagner à une soirée dansante demain, au Milton Park Hotel de Londres ?

— Tu n'y penses pas !

— Bien sûr que si. Les membres du conseil d'administration seront présents, ce qui m'offrira l'occasion de plaider ma cause.

— Me trouver mêlée à ces personnalités en vue n'est pas pour me rassurer, dit-elle.

Ce qu'elle ressentait était même proche de la panique.

— Puisque tu te spécialises dans l'organisation d'événements mondains, cette soirée sera l'occasion pour toi de nouer des contacts avec de futurs clients, déclara Jake avec conviction. Et tu n'as aucune raison d'avoir peur.

— Hum, tu me connais bien mal.

— Je crois que si. Tu es déterminée et courageuse. Reculer devant l'obstacle n'est pas ton style.

Et si Jake disait vrai ?

— Quand je m'occupe d'un mariage, je suis celle qui supervise et non celle qui sollicite.

— Tes idées et initiatives seront appréciées des gens que tu rencontreras demain soir, j'en suis certain. Et, bien sûr, ton charme fera merveille auprès des hommes présents…

— S'il s'agit d'une plaisanterie, je…

— Calme-toi. Accepte ma proposition au lieu de chercher des faux-fuyants.

Après tout, ne serait-ce pas pour elle l'occasion rêvée

de se faire connaître ? Cela ne pourrait que plaire à Clara, sa patronne actuelle avec qui elle brûlait de s'associer…

— Alors, puis-je compter sur toi ? demanda Jake tandis que le pianiste improvisait une mélodie particulièrement romantique.

— Oui, répondit-elle, légèrement grisée par son cocktail au goût d'amande, d'ananas et de rhum.

Elle frémit quand il lui sourit.

— Tu seras ma cavalière et moi, ton cavalier, comme lors de notre première rencontre.

Surtout, ne pas s'emballer…

— Bon, j'accepte, et pendant que tu parleras à tes actionnaires, je m'efforcerai de nouer des contacts utiles pour mon avenir.

— Bravo ! Belle et intelligente comme tu l'es, je ne doute pas de ta réussite.

— Flatteur ! dit-elle en souriant à son tour.

— Ce que je dis est sincère, Iz. Et j'ajouterai que tu es loyale et généreuse.

Quelques gorgées de cocktail lui furent nécessaires pour recouvrer son calme.

— Peu importe que tes compliments soient exagérés car ils me font du bien.

— Je suis sincère, Iz, alors il faut me croire.

Jake lui faisait-il la cour ?

— Restons-en là, s'il te plaît. Et demain, je compte sur ton soutien quand tu me présenteras à tous ces gens huppés.

D'un geste d'une tendresse infinie, Jake lui caressa la joue.

— Tu les surclasseras de cent coudées, Iz.

— J'en doute, dit-elle en esquissant un sourire.

— Et tu aurais tort. Je voudrais tant que tu puisses te voir telle que moi, je te vois. Il y a en toi une force, une vitalité qui irradient comme un soleil.

Un soleil !

— Viens, approche-toi, dit-elle d'un ton impérieux.

Au son du piano jazzy, leurs bouches se pressèrent l'une contre l'autre.

— Eh bien ! fit Jake avec un grand sourire.

Un petit rire lui échappa.

— J'en avais envie, voilà tout.

Compterais-tu par hasard finir cette soirée au lit, avec lui ?

— Alors, pas de regrets ?

— Pas de regrets, confirma-t-elle.

Tous deux se regardèrent en silence, longuement, et ce fut seulement lors d'un changement de tempo - et de mélodie - par l'excellent pianiste du lieu que le charme qui les enveloppait fut en partie rompu.

— Passons aux choses pratiques, dit-elle, car, pour aller à cette soirée, j'aurais besoin d'une nouvelle robe.

— Tu en achèteras une demain, à Oxford, répondit Jake. Nous nous rendrons ensuite à Londres et ferons un crochet par mon appartement afin de nous changer pour la soirée.

— Très bien. Et comment nous organiserons-nous après ?

Jake la fixa de son regard tentateur.

— Soit nous irons à l'hôtel, soit nous regagnerons le cottage.

Jake guettait sa réponse et, si elle le fit languir, ce ne fut pas par jeu mais pour se donner le temps de la réflexion.

— J'aimerais rentrer au cottage, dit-elle enfin.

N'était-ce pas dans cette maison entourée d'un beau jardin que Jake et elle avaient fait la paix tout en s'occupant avec amour d'Emily, cette fillette qui aurait pu être la leur ?

Et puis, ne s'y étaient-ils pas embrassés avec autant de fougue que par le passé ? de quoi lui donner des idées un peu folles qu'il lui tardait de mettre en pratique…

11

Tout en attendant Isobel devant la cathédrale d'Oxford, Jake se remémora la soirée d'hier, leur intimité retrouvée, ce long baiser échangé entre deux cocktails.

Il l'aperçut enfin, portant un sac à l'effigie d'une boutique de mode.

— As-tu trouvé la robe que tu cherchais ? demanda-t-il.

Curieusement, Isobel se mit à rougir et il se demanda bien pourquoi.

— Oui, mais le choix n'a pas été facile.

Le parfum d'Isobel, sa beauté ne firent qu'amplifier le désir qu'il éprouvait pour elle.

Quel baiser ils avaient échangé, hier !

Au lieu de penser à l'embrasser, tu ferais mieux de te concentrer sur la prochaine assemblée.

Selon Bethany, Charles Cartwright aurait profité de son absence pour contacter les actionnaires minoritaires afin de les dissuader de voter pour son fils.

Que son père cherche une fois de plus à lui barrer la route du pouvoir n'était pas pour le surprendre, et il se sentait de taille à s'opposer à lui lors de cette assemblée cruciale.

— Tu parais préoccupé, déclara Isobel.

Il s'empressa de faire bonne figure.

— Rien d'important. Et en ce qui te concerne, je suis sûr que cette nouvelle robe t'ira à ravir.

— Pour le savoir il faudra que tu attendes ce soir, répondit Isobel avec un petit sourire timide.

— En fais-tu, des mystères !

— Oui, peut-être bien. J'espère que mon choix te surprendra…

Et Isobel porta son attention sur les ornementations de la cathédrale devant laquelle ils s'étaient donné rendez-vous.

Heureux de la voir s'intéresser à cet édifice religieux connu dans toute l'Angleterre, il en oublia la robe et tous deux échangèrent des appréciations sur l'architecture médiévale.

— C'est magnifique ! dit Isobel. Impressionnant. Et quelles merveilles, ces vitraux !

— Ce qu'on ressent ici est très particulier, murmura-t-il. Avant d'être une cathédrale, ce lieu était une simple église bâtie pour rendre grâce à Frideswide, une femme de la noblesse née au VIIIe siècle.

Isobel n'allait-elle pas se lasser de ce minicours improvisé ?

— Continue, ce que tu dis m'intéresse beaucoup.

Il ne se fit pas prier.

— Frideswide était très pieuse et avait fondé un prieuré à Oxford. Elle était aussi très belle, paraît-il. Au point de capturer le cœur d'un roi de Mercie - une région assez sauvage des Midlands.

— Et, bien sûr, ce roi a décidé d'en faire sa femme ?

— C'est ça, et sans se soucier des vœux de chasteté de Frideswide, qui fut contrainte de fuir.

— C'est palpitant. Comment l'histoire s'est-elle terminée ?

— Par la mort du roi de Mercie. Frideswide a pu de nouveau servir Dieu et elle a vécu jusqu'à un âge avancé dans un couvent. Mais ça n'est pas tout…

— Quoi donc ? Allez, ne me fais pas languir.

L'enthousiasme d'Isobel était communicatif et, un instant, Jake se crut transporté aux temps de la chevalerie.

— Frideswide aurait fait creuser un puits dont l'eau était réputée guérir bien des maux. Elle s'est éteinte en l'an 727 après Jésus-Christ.

— C'est extraordinaire ! dit Isobel d'un ton pénétré. Et des siècles plus tard, nous parlons encore de cette femme sur les lieux mêmes de son histoire.

Une remarque qui recoupait ses propres émotions et ne pouvait que le réjouir.

— Et maintenant, allons visiter la chapelle où sont enterrées des figures marquantes du Parlement cavalier.

— Le Parlement cavalier ?

— Oui, car composé des Cavaliers, le nom donné à ceux qui avaient soutenu Charles Ier contre Cromwell et ses « Têtes-Rondes ».

Isobel quêta son regard.

— Tu es sûrement plus féru d'histoire que je ne le suis, alors rafraîchis un peu ma mémoire.

— Charles Ier a régné sur l'Angleterre à partir de 1625 et il est mort courageusement sur l'échafaud en 1649, déclara-t-il d'un ton grave.

— Et ceux qui sont enterrés ici étaient ses fidèles ?

— Oui, au point de donner leur vie pour leur souverain. Vois-tu, Charles Ier ne s'était pas posé la question de savoir s'il avait le choix entre régner ou ne pas être roi, et ses partisans, j'en jurerais, n'avaient pas non plus ce genre d'états d'âme. Les uns et les autres se battaient avec courage pour un idéal.

— C'est impressionnant, dit Isobel devant les sépultures des Cavaliers.

— N'est-ce pas ? Quand on pense qu'ils ont tout sacrifié pour permettre au roi d'accomplir son destin.

Tout en parlant, Jake prenait conscience du rapport parfois

étroit existant entre passé et présent, entre faits historiques et événements liés à sa vie professionnelle.

Certains de ces Cavaliers, aujourd'hui célébrés, auraient-ils eu des arrière-pensées mercantiles ou bien, comme tout le laissait supposer, s'agissait-il vraiment de héros, d'hommes loyaux dont la destinée avait été d'aider leur roi ?

Lui qui se croyait libre, qui pensait accomplir une tâche utile en voulant réformer le groupe Cartwright de fond en comble, était-il si sûr de son droit, du bien-fondé de ses initiatives ?

Hier encore, Isobel ne prétendait-elle pas que l'homme n'était libre qu'en apparence et qu'en fait sa destinée lui était tracée par avance ?

Isobel lui lança un regard inquiet.

— Que se passe-t-il, Jake ? Tu es tout pâle…

— Ma foi, je réfléchissais. Les « Têtes-Rondes », ces puritains partisans de Cromwell pendant la première révolution, pensaient que les privilèges liés à la naissance devaient être abolis. Eux aussi ont lutté pour leur idéal jusqu'à la mort. Choix ou destinée ?

— Leur sacrifice aura permis d'infléchir le cours de l'Histoire, répondit Isobel, puisque les monarques d'aujourd'hui doivent rendre des comptes à la nation.

— Ils n'en demeurent pas moins des monarques dont la destinée est de régner, qu'ils le veuillent ou non.

Isobel fronça les sourcils.

— Donc, selon toi, l'homme n'aurait pas vraiment le choix de sa vie ?

— En théorie, si, bien sûr, mais en pratique…

Tous deux se turent, puis Isobel reprit la parole :

— Pourquoi ai-je le sentiment que cette cathédrale joue un rôle important dans ta vie ?

La soirée d'hier, la confiance qu'il avait désormais en

Isobel, l'incita à révéler l'un des grands secrets de son existence.

— C'est ici même, dans cette cathédrale, que je suis venu me recueillir à mon retour de Californie, après cette brève entrevue avec ma mère.

— Celle qui avait disparu de ta vie pendant dix-huit ans après t'avoir abandonné peu après ta naissance ?

— Oui. Elle s'était établie là-bas sans plus jamais me donner la moindre nouvelle. Je ne m'étais pas fait annoncer et c'est seulement quand je me suis présenté devant elle, sous mon nom, qu'elle a compris.

— Comment a-t-elle réagi ? demanda Isobel.

Pendant des années, il avait échafaudé des hypothèses, cherché des excuses à celle qui, bien qu'elle l'ait fait pour de mauvaises raisons, lui avait donné la vie.

— En fait, m'ayant quitté quand je venais à peine de naître, elle n'avait pas la moindre idée de mon apparence physique, et sa surprise a été totale. Elle a eu un sourire crispé, puis gêné, et ensuite elle a pleuré.

— Une situation délicate…

— Et pour moi donc… J'étais à la fois triste et soulagé. Enfin, après tant d'années, je la voyais en chair et en os, j'entendais sa voix et, si nous l'avions voulu, nous aurions pu nous toucher…

— Mais vous ne l'avez pas fait ?

— Non, rien, il n'y a eu aucune manifestation affectueuse de sa part, aussi n'ai-je pas osé me montrer tendre ou sentimental… Vois-tu, je savais enfin à quoi m'en tenir, une fois pour toutes, sur mes parents.

Isobel fronça les sourcils.

— Bon, ta mère restera une étrangère pour toi, mais ton père, lui, est bien vivant, bien présent aussi dans ton existence.

Il serra les poings.

— Mon père a toujours fui ses responsabilités, préférant courtiser les filles et voyager plutôt que de travailler avec son père, Joseph Cartwright.

— Continue, déclara Isobel.

— La suite, tu la connais, n'est-ce pas ? Mon grand-père voulait une descendance pour assurer la pérennité de l'entreprise familiale, alors il a menacé de déshériter mon père si ce dernier ne lui donnait pas très vite un héritier.

— Et ton père s'est mis en quête d'une femme, une sorte de mère porteuse…

— Oui, en tout cas d'une épouse provisoire. Il l'a trouvée en la personne de ma mère, qui était pauvre et dont le frère cadet souffrait d'une maladie rare et gravissime nécessitant des soins coûteux aux États-Unis.

— C'est terrible ! Un vrai mélodrame…

— N'est-ce pas ? Pour sauver son frère, ma mère s'est vendue à un homme riche - mon père - qui, de son côté, pour sauver son existence d'oisif mondain, a accepté d'avoir un enfant sans l'avoir désiré.

Le regard d'Isobel trahissait la compassion.

— Et pour avoir un héritier selon son goût, ton grand-père a fermé les yeux sur ce que cette situation pouvait avoir d'immoral ? Je te plains sincèrement, tu sais, car ni ton père ni ton grand-père n'ont songé un instant au mal qu'ils pourraient te faire. Et ta mère, donc ! Quand tu as su enfin la vérité, le choc a dû être considérable pour toi.

Il se remémora sa stupeur d'alors, le sentiment d'avoir été trahi et déconsidéré non seulement par ses parents, mais hélas aussi par celui auquel il s'était raccroché depuis sa petite enfance, ce grand-père qu'il avait cru providentiel et qui ne l'avait jamais aimé, ne voyant en lui, son petit-fils, qu'un moyen de sauver le groupe Cartwright.

— « Considérable » est le mot, oui. À mon retour en Angleterre, j'étais déphasé et c'est ici, dans cette cathédrale, que j'ai pris le temps de réfléchir à ma destinée autant qu'à celle des autres membres de ma prétendue famille.

L'émotion le fit s'interrompre quelques instants puis, rassemblant son courage, il reprit :

— Au moins, grâce aux explications de ma mère, les choses étaient-elles désormais claires pour moi et ça n'était pas à elle que j'en voulais vraiment.

— Tu en voulais avant tout à ton père ?

— Même pas. Lui aussi avait été piégé dans cette lamentable histoire d'héritage. Rêveur, jouisseur de l'existence, vagabond par la pensée, amoureux des voyages et des jolies filles, il avait opté pour la solution de facilité en passant ce contrat avec ma future mère.

— Alors, ton grand-père serait donc le seul coupable ?

— Oui, et découvrir qu'il ne m'a jamais aimé, que j'ai été pour lui un pion dans sa stratégie familiale, a été mon vrai chagrin.

— Jake !

Il brida son émotion croissante.

— Du temps a passé depuis mais, à l'époque, j'étais encore jeune et savoir que mes efforts pour servir le groupe résultaient d'un calcul sordide de mon grand-père m'a presque donné envie de changer d'existence.

— Quitter Cartwright ?

— J'y ai pensé. J'ai aussi envisagé de renoncer à mon héritage pour faire mes preuves seul, ailleurs, après avoir tiré un trait sur un passé douloureux.

D'un geste furtif, il essuya la transpiration qui perlait sur ses tempes.

— J'aurais pu devenir médecin ou, pourquoi pas, forgeron, soldat… Ces pensées et d'autres me venaient ici même, devant les sépultures de ces Cavaliers courageux qui, tous, étaient morts en luttant contre Cromwell, pour une autre forme de liberté que celle admise alors.

— Et pensais-tu aussi à Frideswide, à la destinée de cette future sainte ?

— Bien sûr.

Après avoir réfléchi, Isobel eut une petite moue.

— En somme, Frideswide aurait été, elle aussi, victime des mœurs de son époque ?

— C'est toute la question, répondit-il. Après cette entrevue avec ma mère, alors que je méditais devant les sépultures des Cavaliers, j'ai voulu croire que ces soldats avaient agi en leur âme et conscience et que, destinée ou non, leur choix aurait pu être modifié jusqu'à la dernière seconde.

— Et c'est encore ta conviction aujourd'hui ? lui demanda Isobel.

— Oui. Une influence extérieure n'a pas l'importance qu'on lui prête et, en ce qui me concerne, je suis seul responsable de ma vie. Certes, j'ai été manipulé par mon grand-père, envoyé dans les meilleures écoles afin d'être en mesure, un jour, de prendre sa place mais, en définitive, j'aime ma fonction au sein du groupe, et l'avenir de Cartwright me tient plus à cœur que n'importe quoi d'autre.

Face aux sépultures de ceux qui, jadis, avaient su choisir leur destin, il se défendait d'éprouver le moindre doute en ce qui concernait ses plans futurs.

Créer de nouvelles formes de gestion était la condition sine qua non de la survie de ce secteur hôtelier touché par la crise, ce que son père, Charles Cartwright, s'était toujours refusé de mettre en œuvre.

Au début, il avait pu croire à une forme de jalousie de sa part mais, non, à bien y réfléchir, Charles préférait la prudence au risque, et craignait par-dessus tout de voir diminuer ses revenus, cette manne qui lui permettait de voyager, de bronzer sur des plages lointaines avec ses starlettes.

Tant pis pour son père !

Dans quelques jours aurait lieu l'assemblée des actionnaires, et Jake était bien décidé à arracher le pouvoir des mains de celui qui ne s'était jamais soucié de lui et qui avait si peu contribué à son bonheur.

— Sacrifier la vie et les sentiments au travail, n'est-ce pas un choix risqué ? demanda Isobel.

— Non, je ne regrette rien, et maintenant pensons plutôt à la soirée dansante de ce soir.

Tous deux rebroussèrent chemin à travers la nef.

Dehors, sous un ciel d'un bleu vif, l'avenir lui parut lumineux et seule la pensée que, bientôt, il aurait à affronter son père, lui gâcha en partie le plaisir qu'il prenait à se promener avec Isobel.

Une fois de plus, Charles Cartwright semblait décidé à lui mettre des bâtons dans les roues, et qu'un seul des actionnaires minoritaires vote contre lui, son fils, et c'en serait fini de ses espoirs de rénover ce groupe pour lequel il avait déjà tant donné.

Un peu plus tard, Jake fit à Isobel les honneurs de l'appartement qu'il avait hérité de son grand-père, et qui était devenu son domicile à Londres.

— J'aime bien l'endroit où tu vis, déclara-t-elle après avoir jeté des regards attentifs à l'agencement des pièces et au mobilier.

— La chambre d'amis est à ta disposition si tu veux passer ta nouvelle robe. Au cas où tu aurais besoin de quelque chose, appelle-moi.

Isobel lui sourit.

— Merci. Je ne serai pas longue.

— Roberto vient nous chercher à 19 heures, alors tu as le temps.

Pendant qu'Isobel se changeait, il en profita pour mettre à jour son travail, prendre sa douche et enfiler son smoking.

Quand elle le rejoignit au salon, vêtue de sa nouvelle robe, sa stupéfaction fut totale.

— Mais tu…

Aucun mot du dictionnaire n'aurait pu traduire sa fascination devant cette fine silhouette moulée par le tissu vaporeux.

— Eh bien, aurais-tu perdu ta langue ? demanda-t-elle, un sourire éclairant son visage.

— Éblouissante, tu es éblouissante. Jamais je n'aurais pensé que tu choisirais un modèle de robe aussi sexy.

Encore n'osait-il pas dire le fond de sa pensée.

— Merci, répondit Isobel avec, dans ses yeux noisette, un éclair de satisfaction.

Plus tard, tandis qu'ils rejoignaient la limousine, la vision du dos nu d'Isobel, de ses hanches généreuses, de cette peau crémeuse dont il n'avait jamais oublié le parfum et la douceur, mit une fois de plus le feu à ses sens.

Roberto leur tint ouverte la portière, attendit qu'ils soient installés sur la confortable banquette arrière, puis démarra en douceur.

— Quel luxe ! dit Isobel en examinant l'habitacle. Ce bois précieux, ce cuir…

— Un écrin pour ta beauté.

— Flatteur ! Sais-tu que tu ne manques pas de style toi non plus ? Ce smoking te va à merveille.

Au fur et à mesure qu'ils approchaient de leur destination, il perçut la nervosité d'Isobel.

— Tout se passera bien, voyons ! dit-il d'un ton qu'il voulait rassurant.

— J'ai le trac, ou plutôt : je suis terrorisée…

— Tu n'as aucune raison de l'être.

— Si ! Imagine que l'un ou l'autre des invités me fasse la conversation et que je dise une énormité ? Ou encore, que ma robe fasse scandale ? Quelle honte pour moi, pour toi aussi…

Sur une impulsion, Jake prit la main d'Isobel dans la sienne.

— Cesse donc d'imaginer le pire. Tu es belle, intelligente, avisée, et je sais par avance que tu tiendras ton rang comme il convient. Et crois-moi, les hommes auront pour toi des regards admiratifs.

Isobel se crispa.

— J'aimerais te croire, Jake, mais il reste en moi bien des blessures encore à vif. Plus jeune, je souffrais d'être moins élégante que mes camarades de lycée. Un jour, ma mère a cassé sa tirelire pour m'offrir enfin la robe dont je rêvais. Et sais-tu quoi ?

Le ton était âpre, l'émotion à fleur de voix.

— Quoi donc ?

— J'ai porté ma nouvelle robe avec l'espoir de compter enfin aux yeux des autres filles, mais celles-ci m'ont tout autant méprisée qu'avant. Pour ces garces, je restais le vilain canard, nouvelle robe ou pas.

L'amertume d'Isobel lui fit mal.

— Ces filles étaient stupides, voilà tout.

— Elles m'avaient cataloguée comme étant d'un milieu social bien inférieur au leur et, ce soir, je crains de subir le même type de rejet, comprends-tu ?

— Je comprends, mais tu oublies une chose.

— Laquelle ? demanda Isobel.

— Tu es ma cavalière ce soir, alors qui oserait te battre froid dans ces conditions ?

Isobel lui lança un regard en coin.

— Hélas, tous ceux et toutes celles qui te connaissent bien.

— Que veux-tu dire ?

— Voyons, étais-tu seul à la précédente soirée de charité ?

— Euh, non.

— Qui était alors ta cavalière ?

Le piège se refermait sur lui.

— Ma foi, j'ai oublié…

— Ne mens pas, Jake !

— Bon, il s'agissait du mannequin en vogue : Haley Jensen.

Le regard d'Isobel flamboya.

— Un mannequin des plus fameux, n'est-ce pas, et qui aura sûrement été le point de mire de tous les invités. Tandis que moi, en comparaison…

Quels que soient ses arguments, Isobel semblait prisonnière de cet absurde sentiment d'infériorité qui la minait lentement mais sûrement.

Agir, et vite !

— Tourne-toi, Iz…

— Me tourner ? Mais pourquoi donc ?

— Aie confiance. C'est pour ton bien.

Au moins ne se méfiait-elle pas de lui puisqu'elle lui présenta son dos.

— Je vais te masser, dit-il en promenant ses pouces sur sa peau nue, obligeant les muscles à se détendre et provoquant chez Isobel des soupirs satisfaits.

— C'est bon !

— Pense de façon positive, répondit-il en prolongeant non sans volupté son massage.

Le souffle court, les joues roses, le regard en attente, Isobel avait du mal à cacher son trouble. Jake se maudit. Cette soirée devait avant tout l'aider à préparer sa prise de pouvoir lors de la prochaine assemblée des actionnaires, et non lui permettre de faire le joli cœur.

Une fois le but enfin atteint, alors il serait temps de s'occuper de sa vie privée.

Et peut-être alors envisagerait-il un avenir avec Isobel.

— Je suis heureuse d'être avec toi, Jake, déclara-t-elle en posant la joue sur son épaule.

Il se garda de répondre à ses avances.

— Moi aussi, mais j'ai du travail à terminer.

Feignant d'ignorer la mine déconfite de sa cavalière, il alluma son ordinateur et se plongea dans l'examen du chiffre d'affaires trimestriel du groupe dont il ambitionnait de prendre le contrôle.

Dans quelques jours, il jouerait le tout pour le tout, et rien ni personne ne devait se mettre en travers de sa route.

12

Isobel descendit de la limousine et remercia Roberto qui, très stylé, lui tenait la portière ouverte.

Elle sentait encore sur sa peau l'empreinte de la main de Jake, là où il l'avait massée, et elle était partagée entre le désir que lui inspirait cet homme et le dépit d'avoir été si brusquement délaissée par lui, quelques instants plus tôt.

— N'aie crainte, tout se passera bien, lui dit-il à mi-voix en lui prenant le bras.

Devant le luxueux fronton du Milton Park Hotel qui brillait de tous ses feux, le courage lui manqua soudain.

— J'ai peur !

— Allons, tu peux y arriver, répliqua Jake en serrant son bras avec plus de force.

Le Milton Park Hotel !

Aurait-elle jamais imaginé qu'un jour, elle, le vilain petit canard du lycée, celle que les filles de la bourgeoisie tenaient à l'écart, foulerait de ses escarpins le tapis rouge de ce lieu huppé ?

Intimidée par la foule des cameramen, photographes et hommes de presse massés de part et d'autre de la porte monumentale, elle eut un mouvement de recul.

— Je ne peux pas, Jake !

— Si ! Tête haute et sans crainte. Tu es belle, c'est sans doute toi la plus belle femme de la soirée.

Et, d'une pression sur ses reins, il l'obligea à avancer.

Tout en progressant parmi les invités, Isobel identifia une star du petit écran, une présentatrice en vogue, une actrice célèbre, un écrivain à la mode, autant de personnalités en vue qui retenaient l'attention des photographes.

Alors que, de nouveau, elle perdait de son assurance, Jake se pencha à son oreille.

— La tête haute, Iz.

— Je ne me sens pas à ma place, ici.

Jake lui sourit.

— Veux-tu que je te confie un secret ?

— Dis toujours…

— Tu vaux mieux que la plupart de ceux et celles qui nous entourent.

Cette fois, elle eut envie de le croire, mais son soulagement fut de courte durée quand, surgie d'elle ne savait où, une grande et jolie blonde accourut.

— Jakey !

Ce visage, cette silhouette…

Isobel reconnut Haley Jensen, le top model qui avait fait cent fois les couvertures des magazines de mode et qui, en beauté et charisme, la surclassait, et de très loin encore.

— Haley !

La connivence entre Jake et le célèbre mannequin était évidente et, bien sûr, cette dernière ne lui prêta aucune attention.

— Jakey, j'espérais bien ta venue, ce soir. Au fait, voici Matt, mon fiancé.

Un grand brun souriant s'approcha.

— Nous nous marions bientôt, Matt et moi, déclara Haley avant d'offrir son profil aux photographes, qui avaient pris position dans un cliquetis d'obturateurs.

Puis la blonde hautaine posa les yeux sur elle.

— Ta fiancée, Jake ?

— Ma cavalière et amie, répondit Jake avant de les présenter l'une à l'autre.

— Enchantée, déclara Haley en lui lançant un regard peu amène.

— Moi de même, répondit Isobel.

Quand Haley et son fiancé prirent enfin congé, son soulagement fut grand tant cette confrontation avait été gênante.

— Haley est une chic fille, mais il faut la connaître, lui glissa Jake à l'oreille.

Elle se serait bien passée de cette rencontre.

À l'intérieur du prestigieux hôtel, ils signèrent le registre des invités, puis le chef de la sécurité s'assura, très discrètement, qu'ils disposaient des autorisations nécessaires avant de les laisser pénétrer dans la salle de réception qu'éclairaient quatre lustres géants.

Partout, des tables aux nappes blanches sur lesquelles les seaux à champagne voisinaient avec des arrangements floraux de toute beauté.

— Je suis intimidée, murmura-t-elle.

Jake lui sourit.

— C'est moi qui devrais l'être quand j'ai la chance d'avoir une cavalière telle que toi.

Lui avait-on jamais rien dit d'aussi gentil ?

À peine l'étau s'était-il desserré qu'un nouveau péril fondit sur eux en la personne d'un grand homme aux cheveux argentés.

— Jake ! Heureux de te voir.

— Dillon ! Je te présente Isobel, une amie très chère.

L'intéressé la salua de façon cérémonieuse.

— Dillon est membre du conseil d'administration de Cartwright, lui expliqua Jake.

— Ah, enchantée, dit-elle, prise de court.

Dillon se tourna vers Jake.

— Ton absence des derniers jours a été largement commentée. Certains des actionnaires pensent même que tu as lâché la barre.

— Simple rumeur, répondit Jake.

Dillon eut un sourire crispé.

— Oui, bien sûr, mais il n'empêche que tu as négligé tes fonctions au sein du conseil.

— Je… je n'ai pas pu faire autrement, dit Jake, gêné.

— Je vois. Clarissa et moi, nous nous sommes même demandé si tu ne t'étais pas décidé à suivre la même route que ton père.

L'expression de Jake témoignait à quel point l'insinuation lui était pénible.

— Que mon père préfère ses croisières et ses îles enchanteresses, c'est son droit, Dillon, mais en ce qui me concerne, je n'ai pas changé de cap.

— Les apparences sont contre toi.

— Eh bien, ne suis-je pas là, ce soir, prêt à discuter avec les membres du conseil d'administration et, bien sûr, à répondre à toutes leurs questions ?

Dillon afficha une expression soulagée.

— Tant mieux, alors. Angela et Jonathan se sont dit, tout comme moi, que tu reculais devant l'obstacle et il faudra que tu les rassures à ce sujet-là. Le mieux serait d'organiser une réunion entre nous, ne crois-tu pas ?

— Entendu. Je n'ai pas changé d'avis quant à la nécessité de réformer de fond en comble les méthodes de management de Cartwright et j'ai besoin de vous tous pour mettre mes idées en pratique.

— Heureux de te l'entendre dire. Je vais de ce pas porter la bonne nouvelle aux autres, déclara Dillon avant de prendre congé.

Isobel le regarda s'éloigner puis, assurée de ne pas être entendue, elle se pencha vers Jake, qui semblait très tendu.

— Un problème, Jake ? Serais-tu en difficulté ?

— Je dois restaurer la confiance que ces actionnaires avaient en moi, lui dit-il. Je n'aurais pas dû les laisser sans nouvelles.

Isobel grimaça.

— C'est ma faute !

Jake s'efforça de sourire.

— Mais non, voyons ! Tu n'es pas responsable des ennuis de Caro ni du fait qu'elle ait une petite fille.

Alors, pourquoi ce ton frustré, ce regard soucieux ?

En quittant Londres pendant plusieurs jours sans donner de ses nouvelles, Jake avait mis en péril sa carrière et son avenir, aussi Isobel se sentait-elle doublement coupable à son égard.

Il ne lui fallut pas longtemps pour prendre la décision qui s'imposait.

— Jake, pardonne-moi si je t'abandonne quelques instants mais la nature a ses impératifs !

Elle s'éloigna à pas vifs.

Les trois personnes avec lesquelles discutait Dillon étaient sans doute les autres membres du conseil d'administration, et quand elle s'approcha du vieil homme, ce dernier parut surpris de la revoir.

— Eh, bonsoir, Isobel ! Quelque chose ne va pas ?

— Je voudrais vous parler de Jake.

— Croyez-vous que le lieu soit approprié ? Nous ne sommes pas seuls et…

— Ce que j'ai à dire peut être entendu de tous. Si Jake a disparu pendant quelques jours, ça n'était ni une démission de sa part, ni un acte désinvolte.

— Jake n'a pas à se justifier auprès de nous, répondit Dillon, gêné.

Une femme rousse d'un certain âge intervint :

— Pourquoi ne pas laisser cette charmante jeune personne s'exprimer ? Au fait, je m'appelle Clarissa.

— Enchantée, répondit Isobel en se présentant à son tour.

Puis, se tournant vers Dillon, elle ajouta :

— Je peux vous assurer que Jake n'a pas pris de vacances, ces derniers temps, mais qu'il a veillé sur la sécurité d'une amie commune, victime de violences conjugales et mère d'une fillette de six mois.

— Vraiment ? dit Dillon.

— C'est la pure vérité, et vous conviendrez avec moi qu'il mérite votre confiance.

Clarissa lui sourit.

— Merci, Isobel. Pudique et fier comme il l'est, je doute que Jake nous ait jamais transmis ces informations.

Satisfaite, Isobel prit congé et, alors qu'elle s'était déjà éloignée de quelques mètres, elle entendit Clarissa déclarer aux trois autres :

— Vous voyez bien que ce que disait Charles concernant son fils n'était pas exact !

Soulagée, Isobel se dit qu'au moins elle avait fait ce qu'elle pouvait pour venir en aide à Jake.

— Tout va bien ? lui demanda ce dernier quand elle l'eut enfin rejoint.

Mentir se révéla au-dessus de ses forces.

— Je suis allée voir Dillon, qui discutait avec d'autres membres de votre conseil d'administration.

— Mais pourquoi ?

— Pour leur parler de Caro et d'Emily. Il fallait qu'ils connaissent les raisons de ton absence.

Jake allait-il se fâcher contre elle ? Déclarer qu'elle n'avait pas à se mêler de ses affaires ?

— Jake, je sais tout ce que tu as fait pour Caro et pour

Emily, plaida-t-elle, et je t'en suis reconnaissante. Il ne faut pas m'en vouloir d'être indiscrète.

Jake eut pour elle un généreux sourire.

— Je ne t'en veux pas, Iz, au contraire.

— Vraiment ?

— Oui, vraiment, et je te remercie d'avoir défendu ma réputation.

Le regard chaleureux dont il la gratifia aurait fait fondre la banquise.

— Jake, je…

— Tu es adorable, Isobel.

Ses joues s'empourprèrent.

— Je ne connais pas précisément tes plans concernant Cartwright, mais j'ai compris qu'il s'agissait d'un enjeu important pour toi et que tu avais besoin du soutien de tous les membres du conseil d'administration.

— Mon cœur !

Mon cœur…

Les doigts masculins effleurant son front comme pour remettre en place une invisible mèche de ses cheveux, et ce regard brûlant comme une déclaration d'amour…

Elle prit la main de Jake, la caressa, y posa un baiser furtif.

— Va leur parler, Jake. N'attends pas.

— Et toi, alors ? J'aurais voulu te présenter à des gens qui pourraient devenir tes futurs clients…

— Je suis assez grande pour m'en charger seule, dit-elle d'un ton mal assuré.

— Pas question, Iz !

Et, avant qu'elle ait pu réagir, Jake fit un grand signe à la blonde à la silhouette élancée qu'il lui avait présentée un peu plus tôt.

— Haley, pourrais-tu me rendre un service personnel ?

La jeune femme eut un grand sourire.

— Bien sûr, de quoi s'agit-il ?

— Isobel travaille pour une société d'organisation d'événements artistiques ou mondains. Nul doute qu'avec ton carnet d'adresses tu pourrais sûrement l'aider. Moi, pendant ce temps-là, j'irai vaquer à mes affaires.

— Avec plaisir ! répondit Haley.

Une fois Jake parti, Isobel se tourna vers le mannequin.

— C'est très gentil de votre part, mais ne vous sentez pas obligée de me prendre en charge.

— Je suis heureuse de vous aider, Isobel. Pour moi aussi, ce genre de manifestation mondaine est un tremplin professionnel.

— Tiens ? !

— Je suis ici, ce soir, sur les conseils de mon agent artistique. Venez, je vais vous présenter aux personnes qui pourraient avoir besoin de vos services.

Alors qu'Isobel emboîtait le pas à Haley, cette dernière lui tendit une coupe de champagne prélevée sur le plateau d'un serveur.

— Jake est obnubilé par son travail et c'est une des raisons qui rendaient impossible une relation entre nous. Je l'estime beaucoup néanmoins, car il est droit et loyal.

— Mais n'y avait-il pas d'attirance entre vous, au début ? demanda-t-elle après avoir trempé ses lèvres dans le verre.

— Oui, bien sûr, mais nous n'avions pas la même vision du couple. Moi, je crois en l'amour durable et j'espère fonder une famille, avoir des enfants, m'occuper d'une ferme en pleine nature.

— Une ferme ! ?

— Eh oui ! Tout mannequin que je suis, j'adore les animaux et je rêve d'avoir un jour une basse-cour.

— Je vous imaginais plutôt dans des soirées mondaines.

— Il faut voir les choses en face, Isobel. Dans quelques

années, je serai trop vieille pour être mannequin et je veux vivre ma vie telle que je l'entends.

Mise en confiance, Isobel accepta d'être présentée à des gens très en vue et gagna, outre l'amitié de Haley, le soin d'avoir à organiser son futur mariage.

— À présent, je vais vous laisser, dit le mannequin. Bonne chance et rendez-vous devant l'autel…

Une fois seule, Isobel alla se faire servir un jus de fruits au buffet, puis elle s'approcha de la salle de bal où les musiciens accordaient leurs instruments.

— Alors, cette prospection ? demanda près d'elle une voix mâle et familière.

— Jake ! Tout s'est bien passé et, grâce à Haley, j'ai pu nouer des contacts utiles qui vont ravir Clara, ma patronne. Et toi, où en es-tu avec les membres du conseil d'administration ?

— La confiance est restaurée entre nous mais il me faudra rester vigilant jusqu'à la nouvelle assemblée. En tout cas, merci d'avoir plaidé en ma faveur auprès de Dillon et des autres actionnaires.

— Je voulais rétablir la vérité, tu sais, dit-elle, attentive à minimiser son rôle pour ne pas froisser sa susceptibilité.

— En tout cas, tu m'as rendu un fier service, répondit Jake en observant les préparatifs du bal. Au fait, j'espère bien avoir l'honneur de la première danse ?

Isobel frissonna en sentant sur elle le regard de Jake.

Il s'agit d'une danse, Iz, rien de plus, alors garde ton sang-froid.

Mais qu'y pouvait-elle si l'idée d'être bientôt dans les bras de Jake avait le don de l'affoler ?

— Je ne voudrais pas d'autre cavalier que toi, répondit-elle d'une voix émue.

Peu après, la main de Jake nichée au creux de ses reins,

elle entama avec lui un duo sur la piste, au rythme du slow que jouait l'orchestre.

— Je me sens merveilleusement bien, dit-elle tout bas à son oreille.

— Moi aussi, Iz, répondit Jake sur le même ton.

La musique les emportait.

Leurs deux êtres ne faisant plus qu'un.

— Iz…

— Jake !

Quelle volupté de se laisser aller contre cet homme, de respirer son odeur.

— Et maintenant, mesdames et messieurs, voici de quoi raviver les énergies, déclara le chef d'orchestre.

Isobel fronça un sourcil. D'abord déconcertantes, les notes stridentes jouées à la trompette eurent pour effet de fouetter ses sens.

— Trop rapide ? lui demanda son cavalier.

— Au contraire !

Virevoltant parmi les autres danseurs, tous deux se lancèrent dans un rock sensuel qui tantôt les rapprochait, tantôt les éloignait, dans la ferveur d'un brouhaha général qui s'acheva, pour elle, sur un grand éclat de rire.

— Quelle cavalcade !

Ce qu'elle lut alors dans le regard de Jake confirma tout ce qu'elle avait ressenti entre ses bras, et au cours de cette danse endiablée.

— Oui, je suis essoufflée.

— Tu danses à merveille, dit-il.

— Grâce à toi, Jake.

Six ans plus tôt, ils avaient été amants et, ce soir, après une longue séparation, un même élan les avait poussés dans les bras l'un de l'autre.

Si la sagesse lui conseillait de prendre ses distances,

elle savait déjà qu'elle n'en ferait rien et que, perdue pour perdue, elle irait jusqu'au bout de son désir.

Surtout si Jake persistait à l'envelopper de ce regard troublant, si sensuel !

— Tu es radieuse, Isobel.

— Sais-tu que tu me plais, Jake Cartwright ? Tu ne peux savoir combien je t'ai désiré et combien je te désire encore. Quand nous serons rentrés, j'ai envie de…

— De quoi donc, Isobel ?

De toi ! De te sentir en moi !

Le sourire de Jake et cette impatience croissante en elle…

Enfin, ce fut le départ !

La limousine se rangea devant eux, Roberto au volant.

Sur la banquette en cuir, la proximité de Jake, sa chaleur virile, ses doigts brûlants enserrant son poignet, caressant la paume de sa main, tout cela avait de quoi lui faire oublier la froideur dont Jake avait fait preuve, à l'aller, quand il l'avait repoussée.

Enfin, Roberto les déposa devant le cottage avant de repartir pour Londres.

— Je te veux si fort, dit-elle à Jake, haletante, une fois la porte ouverte.

— Moi aussi, je te veux, Iz.

La chambre à coucher, le grand lit, leurs regards ardents et, pour finir, sa robe glissant sur ses hanches et formant une corolle noir et blanc à ses pieds…

Elle tenta de graver à jamais ces images dans sa mémoire.

13

Isobel ouvrit les yeux au chant des oiseaux et son regard se posa sur celui qui dormait à ses côtés.

Quelle nuit !

— Eh, bonjour ! fit la voix encore ensommeillée de Jake.

— Bonjour toi, répondit-elle, émue.

— Comment te sens-tu ?

— Incroyablement bien. J'ai une faim de loup.

Jake rejeta le drap et se leva.

Quel homme merveilleux…

En proie à une succession d'émotions variées, elle laissa vagabonder ses pensées, mais il ne fallait pas qu'elle se donne de faux espoirs.

— Le petit déjeuner, dit Jake peu après en déposant sur le lit un plateau garni de choses appétissantes.

— Des croissants ! Des petits pains ! Mais comment as-tu fait ?

— J'ai dévalisé la pâtisserie du village.

Alors qu'elle servait Jake en café avant de remplir sa propre tasse, ce dernier reçut un appel sur son portable.

— Clarissa ? Oui, bien sûr. Si toi ou Dillon avez des questions, allez-y, c'est le moment.

Isobel en profita pour avaler un second croissant tout aussi délicieux que le premier.

— Les nouvelles sont bonnes ? s'enquit-elle, une fois la conversation de Jake terminée.

Ce dernier lui parut soulagé.

— Tout semble s'arranger au mieux avec les actionnaires minoritaires, mais je ne voudrais pas t'assommer avec des chiffres.

— Tout ce qui te concerne m'intéresse, Jake, et ce que nous avons vécu cette nuit nous a rapprochés, ne crois-tu pas ?

Après avoir bu une gorgée de café, Jake la regarda, l'air préoccupé.

— Je compte prendre le contrôle de Cartwright et il me faut pouvoir compter sur les voix des actionnaires minoritaires, dont Dillon et Clarissa.

— Eh bien, ça paraît simple, n'est-ce pas ?

— En apparence, oui, mais le jour du vote, j'aurai peut-être une surprise.

— Vas-tu cesser de parler par énigmes ?

— Mon père détient 49 % des actions de la société et moi, 20 % de ces actions depuis que j'ai vingt-cinq ans. Les 31 % restants sont aux mains de Dillon, de Clarissa et de deux autres actionnaires dits « minoritaires ».

— Pourquoi cet arrangement étrange ?

— Décision testamentaire. Mon père était gardien de mes parts et pouvait voter en mon nom comme il l'entendait.

Elle y voyait plus clair.

— Si je comprends bien, tu as l'intention de t'écarter de la ligne suivie jusqu'à présent par ton père ?

— Exactement. Au début, j'hésitais à m'opposer à lui, alors même que je réprouvais sa gestion d'un autre âge mais, aujourd'hui, après avoir mis au point mes futures réformes, je veux proposer aux actionnaires un plan sur cinq ans qui devrait assurer à Cartwright la première place dans le monde de l'hôtellerie.

En toute logique, Charles Cartwright aurait dû aider son fils à faire prospérer le groupe.

— As-tu essayé d'avoir une discussion avec ton père afin qu'il vote pour toi ?

— Papa prétend que je manque d'expérience. Tout ce qui lui importe, c'est le maintien de sa rémunération actuelle.

— Une vue à court terme.

— En effet. Je lui prouverai qu'il a tort et que ma méthode est la seule capable de faire évoluer Cartwright dans la bonne direction.

— En attendant, parle-lui, Jake.

Il fit la grimace.

— À quoi bon puisque toute discussion est par avance vouée à l'échec ? De tout temps, papa s'est refusé à m'écouter.

Touchée par la détresse de Jake, Isobel décida d'en savoir davantage.

— Qu'est-il arrivé quand ton grand-père est mort ?

— Mon père a bien été obligé de s'occuper de moi et ça a été terrible. Nous vivions dans un manoir londonien envahi par des hommes et des femmes qui m'étaient tous inconnus. Combien y avait-il de chambres ? Trente, peut-être bien.

— Trente ?

— Oui, au moins. Chaque soir, papa recevait des gens avec qui il faisait la fête. Vivre ainsi, toujours entouré d'amis, était son quotidien.

— Et toi, tu étais relégué dans ton coin.

— Exactement. Je ne le voyais presque jamais, et seule Petra, son assistante personnelle, me donnait un peu d'affection.

— Parle-moi d'elle.

— C'était une grande brune d'aspect sévère, mais qui m'a traité avec tendresse. Une fois assurée que papa et ses invités ne manquaient pas de caviar, de saumon, ni de champagne, Petra montait me voir, me parlait, me consolait, m'apportant un jouet, une friandise, un livre. Le matin, elle veillait à ce que j'aie fait ma toilette et préparé mon cartable avant de me faire conduire par le chauffeur dans mon école privée.

— Ton père n'était donc pas tenu de signer tes carnets de notes ?

Jake eut un rire triste.

— Il se moquait de mes notes et quand je réclamais des patins à roulettes ou un vélo de course, il sortait aussitôt son chéquier pour être au plus vite débarrassé de ma présence.

L'amertume du ton lui fit mal.

— Ton père t'aimait sûrement, tu sais, mais à sa manière.

— J'en doute, répondit Jake d'une voix où perçait la détresse. Seuls comptaient ses maîtresses, ses croisières exotiques ou ses séjours sur la Côte d'Azur. Le jour où j'ai demandé à aller en pension plutôt que de vivre dans son manoir, il a tout de suite été d'accord.

Elle s'approcha affectueusement de lui.

— De quand date votre affrontement concernant la gestion de Cartwright ?

— Dès l'obtention de mon diplôme universitaire. J'espérais jouer un rôle dans la bonne marche du groupe, mais il m'a aussitôt mis des bâtons dans les roues.

— Alors qu'il n'avait jamais fait la moindre difficulté pour satisfaire tes précédentes demandes ?

— Exactement. Oh ! je suis revenu à la charge, mais il a toujours fait la sourde oreille et c'est pourquoi je juge inutile, aujourd'hui, d'avoir une conversation avec lui.

Isobel eut un instant d'hésitation.

— Jake, puis-je te parler franchement ?

— Oui.

— J'en ai longtemps voulu à ma mère, tu sais, car je lui reprochais sa faiblesse vis-à-vis de Simon.

— Et aussi la façon dont ton beau-père t'avait traitée, dit Jake en lui caressant la nuque.

Elle retint ses larmes.

— C'est vrai. Ma mère et moi, nous avons été ses victimes. Simon la battait et il ne se privait pas non plus de me gifler. Parfois, la gifle ou le coup qu'il m'assénait laissait des marques…

— Quel salaud !

— À l'école, l'institutrice avait remarqué que je dormais parfois durant la classe, et que j'étais inattentive, absente à mon entourage. Lors d'une visite médicale, les marques sur mon corps ont attiré l'attention. J'ai été retirée à la garde de ma mère et j'en ai eu mal pour elle, car je savais que Simon se vengerait en la frappant encore plus. J'ai crié et j'ai pleuré pour qu'on me laisse avec ma mère mais on ne m'a pas écoutée.

Jake eut un froncement de sourcils.

— Je peux comprendre que tu aies été attachée à ta mère mais, tout de même, n'étais-tu pas soulagée d'échapper à l'emprise de Simon ?

— J'aurais voulu rester pour protéger maman et, aujourd'hui encore, je m'en veux d'avoir été indirectement responsable de ce qu'elle a pu subir après mon départ.

Tandis qu'elle pleurait, Jake l'enlaça.

— Je suis là à présent.

— Oui, mais ma mère, elle, est partie à jamais.

— Tu as fait tout ce que tu as pu, Iz, alors ne regrette rien, lui dit Jake avec force.

S'en convaincre était difficile.

— Vois-tu, si j'ai eu à souffrir de la domination de Simon, l'ironie du sort aura voulu qu'une fois placée en famille d'accueil je sois soumise à un autre pouvoir, celui des travailleurs sociaux et de ces parents de remplacement.

— Aurais-tu par hasard été maltraitée, dans ces familles ?

— Non, mais pour elles, j'étais un numéro parmi d'autres. Et tous ces gens dont je dépendais se souciaient moins de moi que du chèque du gouvernement qu'ils touchaient à la fin du mois.

— En somme, tu n'as jamais été heureuse, dit Jake d'un ton navré.

— « Jamais » est exagéré car, d'après ce que je sais, papa n'a jamais été méchant avec moi.

— Oui, répondit Jake, mais ton père est mort quand tu avais un an…

— Au moins, j'ai eu un an de tranquillité dans mon existence avant que ma mère rencontre et épouse ce Simon.

— Simon a-t-il dévoilé sa vraie nature tout de suite ? demanda Jake.

Elle prit le temps de réfléchir.

— Il me revient des scènes, des cris datant de cette période où j'étais encore toute petite. Plus tard, j'ai vraiment eu peur de cet homme qui ne savait que frapper et, après mon placement, je suis devenue rebelle, odieuse même, et l'Assistance publique a été contrainte de me changer de famille plusieurs fois.

Elle sentit la main de Jake caresser sa nuque.

— Agissais-tu ainsi dans l'espoir de te faire renvoyer pour retourner auprès de ta mère ?

L'émotion lui serra la gorge.

— Je sais, c'était idiot de ma part car, non seulement je n'ai pas été renvoyée, mais, à la fin, l'Assistance m'a placée dans un centre surveillé à la discipline de fer.

— Et ta mère, qu'en disait-elle ?

De nouveau, cette émotion…

— Lors de ses visites dans cet horrible parloir qui sentait le chou rance, nous ne pouvions nous parler qu'en présence d'un gardien, et elle n'a pas manqué de me reprocher ma conduite.

— Pauvre Iz…

— Je l'avais bien cherché, tu sais. Le pire est que Simon, à qui nos rencontres déplaisaient, battait ma mère à son retour du centre.

— Quelle lâcheté !

— Oui, un vrai sale type. Alors j'ai dit à maman de ne plus me rendre visite et d'attendre que j'aie seize ans, l'âge auquel je serais de nouveau libre.

Trop émue pour poursuivre, il lui fallut quelques instants pour se ressaisir.

— Mon objectif était de trouver un emploi, n'importe lequel, et alors de prendre ma mère avec moi pour la soustraire à la tyrannie de Simon.

— Isobel…

Le regard attentif et affectueux l'incita à poursuivre.

— Mais maman est morte d'une pneumonie avant que j'aie atteint mes seize ans. Je ne l'ai su que trois mois après qu'elle a été incinérée…

— Viens dans mes bras, lui intima Jake.

Se blottir contre cette poitrine d'homme, sentir autour d'elle ces bras forts, sécurisants…

— Par la suite, j'ai remué ciel et terre pour avoir d'autres détails, mais j'avais l'impression de me heurter à un mur invisible.

— Simon faisait barrage ?

— Pas seulement lui. Et je me demande encore si maman est vraiment morte d'une pneumonie… Enfin, quand j'ai su où avaient eu lieu les funérailles, j'ai appris du même coup que très peu de gens y avaient assisté.

— Qui t'avait renseignée ? L'administration ?

— Une amie de ma mère, la seule peut-être qu'elle ait jamais eue. Et cette amie avait pris la peine de répandre ses cendres en mer, à Bournemouth. Curieux, non ?

— Oui, en effet.

Leurs regards se croisèrent.

— Peut-être ignorerai-je à jamais qui était vraiment maman, aussi je t'engage à avoir une vraie discussion avec ton père, Jake.

— Inutile !

— Et si tu te trompais sur son compte ? Suppose que tu aies de lui une vision tronquée ?

— J'en doute.

— Charles Cartwright reste ton père. Alors réfléchis bien avant de rompre avec lui.

Sa véhémence parut ébranler Jake.

— J'y penserai mais, pour le moment, c'est de toi qu'il est question et ce que tu m'as raconté me bouleverse.

Jake l'enlaça, et elle laissa libre cours à ses émotions.

— Encore un peu de café ? demanda-t-elle pour se donner une contenance.

— Non merci.

— Parleras-tu à ton père, Jake ?

Il laissa échapper un grand rire.

— Sacrée Iz ! Tu ne renonces jamais, n'est-ce pas ?

— J'aime aller au bout de mes intentions. Alors ?

— C'est entendu, je lui parlerai.

Une victoire ?

— Si j'insiste, Jake, c'est parce que tu comptes pour moi, mais la décision t'appartient.

Et elle se mit à caresser son torse tendrement.

Jake avait convié Isobel dans un restaurant voisin où tous deux dégustèrent d'excellentes lasagnes, de quoi leur redonner des forces.

Leur intimité récente modifiait le regard qu'il portait sur cette si jolie jeune femme chez qui tout lui plaisait, depuis ses yeux noisette à l'éclat si singulier jusqu'à cette peau douce appelant les caresses…

Certes, il prenait un risque en se confiant à celle qui l'avait, six ans plus tôt, rayé de son agenda, mais n'était-il pas temps pour lui de s'avouer qu'il était encore amoureux d'Isobel et que la pensée de ne plus la revoir lui semblait insupportable ?

Il lui vint une idée.

— Iz, que dirais-tu d'aller à Bournemouth, tout à l'heure ? Nous pourrions faire l'acquisition de l'un de ces ballons qui s'envolent très haut, ainsi ta mère saura que tu as pensé à elle.

La stupeur d'Isobel lui fit craindre d'avoir commis un impair.

— La décision t'appartient, bien sûr. Ne va pas croire que je te force la main et que…

— Jake, mais ton idée est magnifique !

Son soulagement fut grand.

— Ce que tu m'as raconté m'a touché, Iz, et je veux t'aider à tourner la page.

— Allons-y tant qu'il fait beau, déclara-t-elle en posant sa serviette sur la table.

Leurs préparatifs furent brefs, le trajet jusqu'à la mer rapide, et tous deux se retrouvèrent sur une plage presque déserte.

— Asseyons-nous, dit Isobel sans lâcher le grand ballon en forme de cœur acheté dans une boutique de la promenade.

Le soleil déclinait à l'horizon mais l'air conservait la chaleur du jour. À l'abri du remblai, Jake passa un bras protecteur autour des épaules graciles de la jeune femme.

— Je suis avec toi, Iz, dit-il non sans la regarder dans les yeux.

— Merci, Jake. Tu sais, j'ai choisi un ballon doré car c'était la couleur favorite de maman. Pus jeune, je décorais les dessins que je lui offrais avec mon stylo à paillettes, alors elle me prenait dans ses bras et m'embrassait.

— Iz !

— J'avais promis de lui offrir de vrais bijoux en or quand je serais grande, et puis la vie en a décidé autrement.

Penché sur son beau visage si expressif, il y déposa un baiser.

— Tu parles souvent de ta mère, jamais de ton père.

Isobel vint plus près de lui.

— Papa était pauvre mais il nous aimait, maman et moi. Un jour, l'entreprise qui l'employait a acheté une machine qui accomplissait son travail à moindre coût, et papa s'est retrouvé au chômage.

Jake devinait déjà la suite.

— Ton père n'a pas retrouvé d'emploi à cause de son âge, n'est-ce pas ?

— Exactement. Ensuite, il a fait de mauvaises rencontres et s'est laissé entraîner. Il a été tué lors d'un règlement de comptes. J'étais si petite, alors, que je ne l'ai en somme jamais connu.

Comme si elle lisait dans ses pensées, Isobel lui adressa un regard ému.

— Pardon, Jake. Je n'oublie pas que, toi, tu as peu connu ta mère.

Qu'Isobel s'en soucie lui fit plaisir.

— Oui, j'avoue que la pilule a eu du mal à passer et, dans le fond, quand je dis « ma mère », je parle d'une femme qui ne s'est jamais soucié de moi.

— Ne sois pas trop sévère, Jake.

Il soupira.

— Ma mère s'est remariée, elle a trois enfants, deux garçons et une fille dont aucun ne connaît mon existence

— Son mari sait-il seulement qui tu es ?

— Non, et j'ai respecté sa volonté de ne rien dire.

Une décision qui lui avait d'autant plus coûté qu'elle le privait de ses demi-frères et de sa demi-sœur, lui qui avait souffert d'être enfant unique.

— Je comprends ce que tu peux ressentir, déclara Isobel en se serrant contre lui.

Qu'une femme, sa mère, choisisse pour des raisons financières de renoncer au bébé qu'il était alors, puis qu'elle fonde une famille en Californie et donne à ses trois enfants cet amour qu'elle lui avait toujours refusé, lui pèserait à jamais.

— Tant pis, je ne peux rien y changer.

Isobel lui caressa la joue.

— Un jour, qui sait, peut-être que ta mère et toi vous vous retrouverez. Peut-être même qu'elle parlera à ses enfants américains de ce fils qu'ils ne connaissent pas encore.

— Ne rêvons pas. Et puis, aujourd'hui, c'est toi qui importes et nous sommes venus ici pour une raison précise.

— Tu as raison. Ce ballon va rendre hommage à celle qui a été si longtemps malheureuse et que j'ai tant aimée, que j'aime encore tant.

— Iz…

— Oh ! Jake, je m'en veux parfois. J'aurais dû protéger maman bien mieux que je ne l'ai fait.

— Compte tenu de ces circonstances difficiles, il n'y a rien dont tu aies à rougir.

Ses paroles redonnèrent le sourire à Isobel.

— Je l'ai beaucoup aimée, mais ça n'a pas suffi pour qu'elle renonce à ses démons.

— Garde en mémoire les bons souvenirs.

— Oui, Jake, les bons souvenirs que rien ne pourra effacer. Tu sais, maman et moi étions très complices. Nous aimions lire ensemble, serrées l'une contre l'autre. Et quand elle pouvait échapper à la vigilance de Simon, nous allions dans le parc et elle m'achetait une crème glacée menthe et chocolat.

— Iz…

Comment ces confidences ne l'auraient-elles pas bouleversé !

— Dès qu'elle se libérait du joug de Simon, maman changeait du tout au tout, reprit Isobel. Elle riait, elle était gaie, heureuse, et nous parlions longuement, sur notre banc, dans ce parc. Parfois aussi, elle et moi faisions les folles sur la balançoire et quand je la poussais haut, toujours plus haut, c'était comme si je lui redonnais sa liberté.

Une idée lui traversa soudain l'esprit.

— Que fais-tu ? demanda Isobel alors qu'il se levait.

— J'en ai pour une minute. Attends-moi.

Il revint avec un cornet de glace menthe et chocolat.

— Comme dans le parc…

Une expression de bonheur se peignit sur visage de la jeune femme.

— Merci, Jake. Je suis sûre que maman, où qu'elle se trouve, appréciera.

Un courant d'émotion passa entre Isobel et lui.

— Tu sais quoi, Iz, je sais que, de là où elle est, ta mère te voit et se réjouit de tes succès, de la façon dont tu as su mener ta vie en dépit de l'adversité.

— Es-tu sérieux ?

— Très sérieux. Elle peut être fière de toi.

Le sourire d'Isobel s'effaça.

— Je n'ai pas su la protéger de Simon, de ce monstre fait homme, celui qu'elle a aimé à la folie au point de se faire battre par lui.

Jake prit la main d'Isobel et la caressa tendrement.

— Tu as fait tout ce qui était en ton pouvoir et ta mère l'a compris, n'en doute pas.

Après un temps de recueillement, Isobel lâcha la ficelle

du ballon. Il s'envola haut, toujours plus haut, vers les nuages, puis Jake entendit la jeune femme murmurer son adieu à la disparue :

— Maman, tu n'as pas toujours su me protéger de Simon, mais je te pardonne. Ce qui compte, c'est que nous nous soyons aimées, toi et moi, que nous nous aimions pour toujours.

Avait-il jamais ressenti une telle émotion ?

— Iz, mon Iz, dit-il tout bas en l'enlaçant.

— Jake… Serre-moi fort, oui, comme ça.

Scintillant de tous les ors du soleil couchant, le ballon ne fut bientôt plus qu'un point minuscule dans l'immensité du ciel, et Isobel, en pleurs, se tourna vers lui.

— Merci de m'avoir accompagnée et merci pour ton soutien. Désormais, je me sens en paix car j'ai compris que le passé était le passé, que rien ni personne ne changerait ce qu'a été la vie de maman.

— Elle et toi, vous vous êtes aimées, et c'est le principal.

— Oui. Si je ne peux changer le passé entre maman et moi, il en va différemment entre nous et j'ai des remords de t'avoir accusé d'infidélité, il y a six ans.

Il hésita.

— Es-tu sincère, Iz ?

— Du fond du cœur, Jake. Je sais désormais que tu es un homme de parole, incapable de trahison.

Le regard posé sur l'horizon, il ne put parler tant l'émotion le submergeait.

Si Isobel n'avait pas ajouté foi aux mensonges de cette peste d'Anna, tous deux auraient-ils fini par former un couple uni ? À moins qu'il n'ait choisi de sacrifier leur amour à son ambition professionnelle…

— À quoi penses-tu ? demanda Isobel d'une voix douce.

Il s'obligea à lui sourire.

— J'ai faim. Que dirais-tu d'aller nous régaler d'un *fish and chips* dans cette guinguette, près de la dune ?

— J'adorerais ça.

Et, main dans la main, tous deux se levèrent d'un même élan.

Le lendemain matin, Isobel débarrassa la table du petit déjeuner en chantonnant.

Le cottage lui semblait toujours plus familier et, après avoir coulé un regard discret vers le salon où Jake, en visioconférence avec les autres actionnaires, préparait sa prochaine prise de pouvoir, l'envie lui vint d'effectuer une lessive.

Un jour peut-être, Jake et elle formeraient un couple uni, de quoi susciter son trouble et ses espoirs et, en attendant, rien ne les empêchait de poursuivre leurs carrières respectives et de rester très proches.

La sagesse même.

Dans l'une des poches du jean de Jake, ses doigts trouvèrent un billet froissé sur lequel on distinguait une écriture typiquement féminine.

Tu es à mon goût. Si je le suis aussi, alors appelle-moi.

Suivaient quelques chiffres formant un numéro de portable banal en apparence, mais destructeur de ses illusions, puis une dernière phrase.

Nous allons nous éclater tous les deux !
Bises, Julia.

Foudroyée, Isobel se laissa choir sur le lit.

La svelte et blonde silhouette de Julia, la demoiselle d'honneur de Lucy qui, par bien des aspects, lui rappelait la perfide Anna, avait donc bien jeté, l'autre jour, son dévolu sur Jake.

Tout paraissait clair.

Fallait-il qu'elle soit stupide pour s'être laissé abuser dans ce jeu de dupes !

Doucement, Isobel, pour le moment tu n'as pas de preuves mais seulement des soupçons.

Quand elle avait questionné Jake, l'autre jour, ce dernier avait clairement laissé entendre que la belle blonde ne l'intéressait pas le moins du monde, et elle l'avait cru.

Mais alors, pourquoi ce billet dans sa poche ?

Le bruit de pas qui approchait la fit se relever.

— Iz, tu sembles bouleversée ! s'écria Jake. Que se passe-t-il ? ajouta-t-il en la fixant d'un air étonné.

Elle montra le billet.

— Comment expliques-tu ça ?

Il lut la courte note.

— Oui, bon, et après ?

— Te moquerais-tu de moi, par hasard ?

— Écoute, Iz, j'avais complètement oublié l'existence de ce billet.

— Vraiment ! Une jolie blonde te donne son numéro de téléphone et puis, hop, tu oublies que tu l'as glissé dans ta poche ? Me prendrais-tu par hasard pour une idiote ?

Et c'était un euphémisme.

Jake haussa les épaules.

— Sur ce que j'ai de plus précieux, je t'assure que je n'y pensais plus. Cette Julia m'était complètement sortie de la tête.

La sincérité manifeste de son ton l'ébranla.

— Alors explique-toi. Quand Julia t'a-t-elle remis ce billet ?

— À la fin de la répétition de mariage, avant de quitter l'église. Elle a profité d'un moment où tu étais occupée pour s'approcher de moi. Je t'assure que c'est vrai et qu'en aucun cas je ne lui avais fait la moindre avance, encore moins demandé son numéro de téléphone.

— Pourquoi avoir gardé ce billet ?

— Et qu'étais-je censé en faire ? Le déchirer sous les yeux de Julia alors qu'elle était la future demoiselle d'honneur de ta cliente ?

L'argument porta.

— Bon, d'accord, mais une fois Julia partie, pourquoi ne pas l'avoir jeté ?

— L'église ne disposait pas de corbeilles à papier, Iz, aussi j'ai jugé plus simple de glisser le billet dans ma poche et ensuite je l'ai oublié là où il était.

Et si Jake disait vrai ?

Si elle devenait paranoïaque à force d'imaginer le pire, alors que son amant lui avait prouvé sa loyauté, ne serait-ce qu'en volant au secours de Caro et d'Emily ?

Jake arbora une expression farouche.

— Tu persistes à nouveau à mettre ma parole en doute ?

— C'est que… Oh ! je ne sais plus !

Six ans plus tôt, en l'assurant qu'il n'avait pas couché avec Anna, Jake lui avait-il menti ? Et cette fois-ci, encore, avec ce billet suspect…

— Iz, une fois pour toutes, je te jure qu'il n'y a rien entre cette Julia et moi et que c'est elle qui a pris l'initiative de m'approcher, l'entendit-elle marteler d'une voix sourde.

Alors qu'elle reprenait espoir, il ajouta quelques mots qui éveillèrent en elle des échos douloureux.

— Tu dois me croire sur parole, Iz.

Sur parole !

N'était-ce pas ce que Simon lui serinait, après avoir battu sa mère, ou l'avoir malmenée, elle, en l'assurant que « ça ne se reproduirait pas » ?

Et sa mère donc, combien de fois ne lui avait-elle pas

dit qu'un jour tout serait beau et bon, et que toutes deux vivraient enfin heureuses ? « Tu dois me croire, Isobel, je t'assure que Simon changera et qu'il apprendra à se dominer. »

Vraiment ?

Sa mère était morte et Simon était sans doute toujours le même homme violent et colérique.

Plus tard, les services sociaux et les familles d'accueil l'avaient aussi abreuvée de bonnes paroles, de serments creux, de promesses vaines.

Non, les mots ne lui suffisaient plus.

— Je veux des actes, Jake, dit-elle fermement. Et pour le moment, tout ce que je sais, c'est que j'ai découvert le billet de cette garce dans ta poche.

— Je viens de m'expliquer à ce sujet, Iz.

Devait-elle ajouter foi à ses propos ?

Après tout, Julia était jolie et Jake, désireux, de son propre aveu, de vivre sans souci, sans attaches, au gré de relations agréables.

N'était-ce pas le credo d'un séducteur occasionnel, d'un homme toujours à l'affût d'une bonne occasion ?

— Désolée, dit-elle avec tristesse, mais vivre avec le doute m'est insupportable.

Autant que, six ans plus tôt, quand, innocente et naïve, elle avait vu Anna sortir de chez Jake à une heure avancée de la nuit.

— En somme, tu me traites de menteur ? dit Jake.

Son bonheur tout neuf s'effilochait déjà, et cela uniquement parce qu'elle avait décidé de faire une lessive.

Ah, leur belle nuit d'amour, ce souffle viril sur sa nuque, sur ses joues, leurs baisers, tant de plaisirs désormais compromis !

— Iz, ne gâchons pas tout, déclara Jake d'une voix tendue. Ne suis-je pas là, avec toi, en ce moment ?

— Si !

— Alors cesse de me harceler à propos de ce fichu billet. Cesse de mettre ma parole en doute.

Ne pense plus à cette garce, ni à ce billet, et souviens-toi combien Jake a été proche de toi, à Bournemouth, pendant l'envol du ballon...

Ne tenait-elle pas à cet homme que le destin avait replacé sur sa route ?

— Je voudrais oublier ce maudit billet, mais...

Jake eut pour elle un regard attristé.

— Mais tu n'y parviens pas, c'est ça ? Donc, tu continues de penser que, peut-être, j'ai menti.

— Eh bien...

— Oui ou non, me feras-tu enfin confiance ?

— C'est que...

— C'est oui ou c'est non. Décide !

Devait-elle, pouvait-elle faire confiance à Jake, elle qui avait été si souvent abusée ?

Bouleversée et indécise, elle posa les yeux sur le jardin fleuri, sur cette beauté naturelle tant éloignée de la réalité humaine.

Elle avait cru en Jake et espéré que tous deux pourraient fonder une famille et avoir des enfants, mais aujourd'hui, après la découverte de ce billet, vivre dans l'incertitude et dans l'illusion, se contenter de belles paroles, ne lui suffisait plus.

Rien ne serait plus comme avant, désormais, puisqu'elle doutait de cet homme et que le fait qu'elle puisse en même temps l'aimer la conduirait fatalement à une nouvelle forme de dépendance bien proche de celle qui avait lié sa mère à ce prédateur de Simon.

Ah, l'amour...

Tant pis !

Plutôt que de succomber aux flèches de Cupidon, la

sagesse devait l'inciter à repousser cette illusion de bonheur qui l'amènerait tôt ou tard à s'en mordre les doigts.

— Je ne peux pas dire « oui », Jake, pas encore, pas maintenant.

À peine eut-elle prononcé ces mots qu'elle se sentit déchirée jusqu'à l'âme, malheureuse comme les pierres.

La mine sombre, les poings serrés, Jake lui fit face.

— Tu as choisi, Iz. Il est trop tard pour faire machine arrière.

Allait-elle pleurer, là, tout de suite ? Devait-elle se jeter dans les bras de celui qui avait toujours été bon pour elle, celui qu'elle accusait sans doute à tort par la faute de son incorrigible méfiance ?

Soudain, ce fut comme si ces derniers jours de bonheur n'avaient jamais existé.

S'il souffrait d'avoir dû prendre une décision radicale, Jake savait aussi qu'il n'avait guère d'autre choix.

Comme six ans plus tôt, Isobel ne prêtait pas foi à ses dénégations enflammées, et la sagesse lui commandait de tourner la page ainsi qu'il l'avait tournée avec un père indifférent, une mère absente et un grand-père faussement aimant.

Il ne lui restait plus désormais qu'à se consacrer à Cartwright et à propulser le groupe au plus haut niveau grâce à des réformes intelligentes.

— Je suis désolée, déclara Isobel d'un ton contrit.

Trop facile !

Sans doute regrettait-elle déjà de lui avoir retiré sa confiance, mais pouvait-il lui pardonner ses accusations, surtout après leurs retrouvailles intimes ?

Tant pis s'il avait mal, tant pis si les mots se bousculaient dans sa gorge, car à tout prendre, mieux valait la souffrance que de courir le risque d'être une fois de plus humilié, blessé, par la faute d'une femme bien à tort soupçonneuse.

Au moins en tirant sa révérence pouvait-il esquiver les coups à venir, les nouvelles insinuations concernant cette Julia de tous les diables dont il avait même oublié l'existence.

— Moi aussi, je suis désolé, dit-il enfin, mais il vaut mieux qu'on se quitte.

— Es-tu sûr que…

— Je suis sûr.

— Très bien, Jake, murmura Isobel.

— J'appelle un taxi. Il te conduira à la gare.

Et son ton était sans appel.

Trois jours plus tard

Dans le parc où Caro lui avait donné rendez-vous, Isobel chercha son amie du regard, l'aperçut jouant avec Emily à l'ombre d'un saule, et hâta le pas.

— Iz, enfin !

— Alors c'est vrai, Martin est désormais hors d'état de nuire ?

— Absolument. Sa victime n'a reçu que quelques coups, mais c'est assez pour qu'il retourne en prison pour plusieurs années.

— Comment l'as-tu appris ?

— Par la police alors que je me trouvais encore dans ce refuge pour femmes seules. Apparemment, Martin avait trop bu et il a perdu la tête. Voiture volée, dégradations diverses, et, pour finir, un raid au cabinet de Theo.

— À ce point-là !

— Un véritable fou furieux, selon les policiers. Après avoir assommé le vigile à l'entrée de l'immeuble, il allait s'en prendre à la réceptionniste quand Theo a fait irruption.

— Et alors ?

— Theo pratique les arts martiaux et tu as pu constater qu'il est plutôt costaud, n'est-ce pas ? Martin s'est retrouvé au tapis en moins de trois minutes, et ensuite la police est intervenue.

— Et le vigile ?

— Je lui ai rendu visite à l'hôpital où il se remet.

— Donc, tu es enfin libre ?

— Oui, débarrassée de cette peur et de la menace que Martin faisait peser sur moi et sur Emily.

— Je suis si heureuse, dit Isobel en donnant l'accolade à son amie. Si heureuse, oui. Et peut-être qu'un jour Theo et toi…

Caro eut un petit sourire.

— J'hésite encore à m'engager mais, d'un autre côté, j'ai peur de perdre Theo en tardant.

— Si Theo tient à toi, alors il comprendra, dit-elle non sans avoir une pensée pour Jake.

— C'est aussi ma conviction, répondit Caro. Et puis, j'ai besoin de faire le point sur cette malheureuse relation avec Martin.

— Tu n'es responsable de rien, sinon d'avoir aimé la mauvaise personne, dit Isobel en jetant un regard attendri à Emily qui gazouillait de plaisir sous les caresses de sa mère.

— Oui, Iz, on peut le voir ainsi. Et concernant Theo, je veux être certaine de ne pas faire fausse route.

Un silence, puis Caro la regarda avec gravité.

— Assez parlé de moi. Qu'en est-il de toi et de Jake ?

Isobel s'empourpra.

— Bah, ce que je t'ai dit au téléphone. Désormais, en ce qui me concerne, la vie reprend comme avant.

Et tant pis pour ses sentiments déçus, tant pis pour cette souffrance encore plus intense que la première fois.

— J'ai l'impression que tout n'est pas fini entre vous, dit Caro en lui faisant signe de s'asseoir sur l'herbe.

Elle prit place non loin d'Emily.

— Si tu veux savoir, j'ai poussé le bouchon un peu trop loin en accusant Jake de flirter avec cette Julia…

Son amie la scruta.

— Jake a été en tout point parfait avec moi et avec Emily. Qu'un homme de sa trempe puisse s'engager dans une aventure sordide m'étonnerait beaucoup de sa part.

— Crois-tu que je n'y ai pas réfléchi ? Mais c'est plus fort que moi et je ne peux pas m'empêcher de douter de lui.

— Isobel ?

— Oui.

— Prends garde à ne pas laisser passer la chance de ta vie.

N'était-il pas déjà trop tard ?

— Ce qui est fait est fait, répondit-elle d'une voix mal assurée.

Et pour échapper au regard réprobateur de Caro, elle posa sur le front lisse d'Emily un baiser affectueux.

L'assemblée des actionnaires, décisive pour Jake, prendrait place dans à peine une heure, de quoi lui donner des frissons d'impatience.

Si tout se passe comme prévu, tu devrais recueillir bientôt le fruit de tes efforts.

Dans le calme de son bureau et dans l'attente de ce moment crucial, ses pensées allaient bon train.

Si tout se passait bien !

Un échec n'était pas à exclure, par exemple si l'un des actionnaires minoritaires, ce quasi-inconnu avec qui il n'avait jamais pu établir de contact, changeait d'avis et votait pour son père.

« Je te conseille de parler à ton père pendant qu'il en

est temps. Peut-être as-tu de lui une vision tronquée ? », lui avait dit Isobel.

Depuis déjà quatre ans, il s'efforçait de pousser ses pions, d'imposer en douceur sa stratégie pour mener au pinacle ce groupe fondé par ses aïeux, de quoi lui faire oublier le manque de dialogue entre lui et son père.

Et Isobel, crois-tu seulement que tu l'oublieras si facilement ?

Force lui fut d'admettre qu'il garderait longtemps le souvenir de son parfum troublant, de son corps merveilleusement svelte et désirable.

Pense d'abord à toi, Jake, à ton objectif qui est de diriger Cartwright…

Dans moins d'une heure, si tout se déroulait comme prévu, son père serait mis en minorité et lui, nommé directeur général du groupe, de quoi lui donner des ailes.

Et des remords ?

Et des regrets ?

Alors qu'il aurait dû pavoiser et préparer son discours de victoire, la perspective d'humilier un homme qui, quoi qu'il en soit, avait contribué à lui donner la vie, n'était guère réjouissante.

Rien de personnel contre toi, papa…

Quelques années plus tôt, sa mère avait utilisé peu ou prou les mêmes termes pour se dédouaner à ses yeux. « Rien de personnel contre toi, Jake. Je ne pouvais faire autrement, je t'assure. » Pressée de mettre un terme à cet entretien, elle avait ajouté : « Pas le choix, Jake, pas le choix… »

Lui l'avait encore, ce choix, et il pouvait ou non décider d'une vraie conversation avec son père.

« Je te conseille de lui parler pendant qu'il en est temps… »

Sacré papa qui s'était soucié de lui comme d'une guigne, l'avait à peine regardé à sa naissance pour partir aussitôt après en croisière !

Si sa mère avait l'excuse d'avoir voulu sauver son frère en danger de mort, quitte à accepter cet arrangement immoral, son père, lui, n'avait, semble-t-il, agi que par égoïsme.

Mais Jake en était-il si sûr ?

En refusant de lui accorder une place au sein du groupe Cartwright, en le privant de la possibilité de faire ses preuves, Charles Cartwright aurait-il par hasard voulu lui ménager un autre destin que celui qui semblait tout tracé ?

L'insistance d'Isobel à le rapprocher de ce père serait-elle finalement justifiée ?

Empoignant son rapport, celui-là même qu'il allait développer lors de l'assemblée, il alla frapper à la porte du bureau de Charles Cartwright.

— Entrez !

Le regard exprima la surprise.

— Toi, Jake ?

— Eh oui, j'avais envie de te voir.

De te parler, surtout !

— Que puis-je faire pour toi, fils ?

Les mots sortirent avec peine.

— À propos de cette assemblée, père, pourquoi es-tu donc si opposé à mes idées, à mes initiatives ?

Il perçut une crispation sur le visage paternel.

— Je suis contre la croissance de notre groupe à tout prix, fils. Une fois que je serai parti, ou mort, alors tu pourras faire comme bon te semblera mais pas avant.

Toujours ce dialogue de sourds.

— Pourquoi es-tu opposé à la croissance d'un groupe auquel tu dois tout ?

Son père hésita.

— Qu'importent mes raisons puisque, dans tous les cas, tu comptes bien m'évincer de la direction de Cartwright.

— J'ai le droit d'exprimer mes vues, non ? Et pour peu que les actionnaires minoritaires m'approuvent…

Son père eut un petit rire attristé.

— Comme tu ressembles à Joseph ! Lui aussi ne jurait que par le profit, la croissance, l'extension du groupe qui porte notre nom. S'il nous entend, mes atermoiements doivent le mettre hors de lui.

— Rien de personnel contre toi, papa, c'est le groupe qui m'importe avant tout.

Rien de personnel !

Les mots de sa mère et, dans le regard de son père, cette lueur ironique.

— Rien de personnel, fils, alors que, depuis quatre ans, tu cherches à m'évincer de la direction de Cartwright ? Et si je te disais combien cette course au profit me lasse ?

— Papa, voyons, je…

— Tais-toi. Je hais ce groupe qui a fichu ma vie en l'air et contribué à la disparition prématurée de ma mère.

— Comment ça ?

— Joseph, mon père, était obsédé par ses hôtels et se souciait fort peu de ma mère, qui avait pour consigne de faire des enfants, de lui donner des héritiers. Après plusieurs années et de nombreuses fausses couches, je suis enfin né.

Jake ne s'était jamais soucié de cette grand-mère ni de l'enfance de Charles en fait, et, aujourd'hui, le remords le saisit.

— Bon, donc, tu es né. De quoi rendre Joseph heureux, non ?

Son père eut un signe de dénégation.

— J'ai peur de l'avoir déçu très vite. Mon père - ton grand-père - reprochait à maman de me couver alors qu'il voulait m'aguerrir, faire de moi son successeur à la tête du groupe.

Une vérité nouvelle se faisait jour.

— Tu as donc souffert, papa ?

— Je me sentais tiraillé entre ma mère et mon père.

Joseph m'a détesté d'aimer les arts, d'aimer la musique, le théâtre, et de délaisser les intérêts des Cartwright.

Ce qu'il apprenait le laissait songeur.

— Pourquoi ne pas avoir suivi ton penchant, je ne sais pas, moi, avoir fait du théâtre, par exemple, ou t'être inscrit dans une école de musique ?

Le visage de son père se ferma.

— Si j'avais agi ainsi, Joseph m'aurait coupé les vivres, mis à la porte de la maison et, surtout, il m'aurait empêché de revoir ma mère.

— Mais comment ?

— Par un chantage affectif. Or, j'aimais ma mère plus que tout et j'avais le devoir de la protéger contre cet homme dur et cupide. Et puis, oui, autant te l'avouer, j'avais pris goût aux voyages, à la bohème dorée, et l'idée de me retrouver sans argent m'incitait à filer doux.

— Hum, je vois. Et comme tu étais encore jeune, tu as adopté la solution de facilité.

— Je me suis plié aux diktats de Joseph Cartwright : il tenait à ce que j'aie un enfant, sous peine de me couper les vivres.

— Et je suis né, dit Jake avec amertume.

— Oui, fils, tu es né, et Joseph a triomphé.

Alors que Charles, son père, n'avait rien eu de plus pressé que de partir en croisière…

— Tu ne t'es guère intéressé à moi, papa.

Le regret, le remords, la souffrance, dans le regard paternel.

— J'ai tout gâché, je le reconnais. J'aurais dû prendre le temps de rencontrer une femme désireuse d'avoir un enfant. Nous t'aurions élevé à deux, en te donnant amour et attention.

— Tu aurais dû, oui, ou en tout cas, tu aurais pu essayer, répondit-il avec beaucoup d'amertume.

Son père accusa le coup.

— Si tu savais combien j'ai détesté Joseph, ce vieil homme cupide avec qui je ne me sentais rien de commun. En te voyant à la clinique si petit, si fragile et vulnérable, j'ai pris conscience de l'énormité de ma faute. J'avais contribué à te donner la vie et dans les pires conditions possibles puisque les circonstances de ta naissance te privaient de l'affection d'une mère.

— C'était ce qui m'aura fait le plus mal.

— Je m'en excuse, fils. Après ça, j'ai paniqué, je l'avoue, et plutôt que d'affronter mes responsabilités, j'ai pris la fuite, une lâcheté que je regretterai toute ma vie.

— Et tu m'as laissé aux bons soins de Petra.

Son père baissa les yeux.

— J'avais confiance en mon assistante. Elle a trouvé pour toi une gouvernante attentionnée et je savais que, tôt ou tard, mon père te prendrait sous son aile pour te forger à son image. Dans le fond, qu'aurais-tu fait de moi, à l'époque, et moi de toi ?

La colère l'envahit.

— Tu aurais dû te battre pour moi et refuser que ton père prenne le dessus et impose sa loi, voilà ce que tu aurais dû faire.

Le regard de son père exprima la douleur.

— La bataille aurait été finie avant d'avoir commencé. Qu'avais-je donc à t'offrir ? Ma bohème ? Des rêveries de poète manqué ? Mais, quoi qu'il en soit, sache-le, j'ai regretté ma décision de partir en t'abandonnant à ton sort.

La sincérité de son père n'était pas feinte, pas plus que l'émotion qui transparaissait dans son expression et qui le rendait humain, si humain.

Pourtant, même s'il était enclin, sinon à lui pardonner, du moins à le comprendre, sa rancœur demeurait.

— Bon, d'accord, mais pourquoi ne pas t'être rapproché de moi à la mort de Joseph ?

Ce regard triste sur lui.

— Parce qu'il était trop tard et que je n'aurais pas su comment être un père pour toi, voilà pourquoi. Et puis, m'aurais-tu pardonné le mal que je t'avais fait ? J'ai compensé en t'offrant tout ce qu'un adolescent pouvait désirer.

— Tout sauf un poste de responsabilité dans le groupe Cartwright.

— Oui, car Cartwright était à mes yeux la pire prison qui soit. Je voulais te laisser libre de trouver ta voie, d'avoir la vie qui te conviendrait le mieux, du moins une existence différente de celle décidée par Joseph.

— Tu craignais de me voir m'engager dans la même voie que lui ?

— Oui, et en chemin, de t'y brûler les ailes et de perdre ton humanité.

Encore l'obsession paternelle ?

— Crois-tu que diriger Cartwright peut faire de moi un monstre ?

Son père eut un haussement d'épaule.

— La passion de Joseph pour Cartwright a eu raison de tout le reste, y compris de ses sentiments pour ses proches. Et en ce sens, tu lui ressembles beaucoup.

— Qu'en sais-tu ?

— Simple déduction. Dis-moi, quelle est la chose la plus importante pour toi, dans la vie ?

— Isobel, répondit Jake sans réfléchir.

D'abord surpris, son père eut un sourire.

— Cette jeune femme avec qui tu étais lié, plus jeune ?

— Oui.

— Dans ce cas, mon fils, il te reste une chance de tirer ton épingle du jeu.

Après avoir passé la journée à mettre la dernière main aux préparatifs du mariage de Lucy, Isobel venait de rentrer chez elle quand on sonna à sa porte.

— Qui est là ?

— Roberto, mademoiselle. J'ai un pli urgent à vous remettre en main propre, de la part de M. Cartwright. J'ai déjà essayé de vous joindre plusieurs fois…

Que lui voulait donc Jake ?

Elle ouvrit au chauffeur, qui lui tendit une carte d'invitation aux riches enluminures.

M. Jake Cartwright convie
Mlle Isobel Brennan à dîner au
Cartwright de Mayfair
à 20 heures, ce vendredi.

Et sa montre qui indiquait 18 heures !

— C'est que… Il est déjà tard et je n'aurai pas le temps de me changer, dit-elle en pointant du doigt son jean et sa chemise à carreaux.

Roberto s'éclaircit la gorge.

— C'est fâcheux, mademoiselle. Si je puis me permettre, au nom de Maria, de Stefan, et en mon nom, nous pensons que vous devriez vous rendre à ce rendez-vous. Monsieur Jake est…

Isobel sentit son pouls s'accélérer.

— Quoi ? Lui est-il arrivé quelque chose ?

— Depuis votre séparation, monsieur Jake n'est plus lui-même, mademoiselle Isobel. Croyez-moi, monsieur Jake est quelqu'un de bien.

Et quelqu'un qui lui manquait terriblement.

— Allons-y et, tant pis, Jake me prendra telle que je suis.

L'expression de Roberto s'illumina.

— Si je puis me permettre, monsieur Jake s'intéressera sûrement plus à vous qu'à votre tenue. La voiture est devant la porte.

Le trajet se déroula dans la bonne humeur, Roberto prenant soin de ne pas aborder, dans leur conversation, ce qui aurait pu avoir trait aux événements récents.

Elle apprit que ce chauffeur dévoué à Jake était le beau-fils de Maria et que son travail à Cartwright le satisfaisait pleinement puisqu'il lui donnait l'occasion de conduire et d'entretenir des limousines de grosse cylindrée, un rêve d'enfance.

— Bonne chance, mademoiselle Isobel, lui dit Roberto en la déposant devant l'entrée du luxueux hôtel-restaurant.

Surmontant ses craintes, elle s'obligea à pousser la lourde porte-tambour qui pivota sur son axe.

Jake !

Il s'approchait, plus beau que jamais, ses yeux bleus brillant d'une flamme familière.

— Je n'étais pas certain que tu répondrais à mon invitation. Permets-moi de te remercier.

Cette galanterie…

— J'avais envie de te revoir, répondit-elle d'une voix émue.

— Dans ce cas, si tu veux bien me suivre…

Dans le corridor balisé d'appliques dorées, ils ne croisèrent pas âme qui vive, ce qui ne manqua pas de la surprendre car le restaurant était l'un des meilleurs de Londres.

Quel effet produirait-elle, en jean et chemise, parmi ces richissimes hommes d'affaires, patrons, producteurs de cinéma et personnalités de la mode ?

Son ébahissement fut grand quand, quelques instants plus tard, Jake s'effaça pour la laisser entrer.

Pas un cliquetis de couvert, pas un tintement de flûte en cristal, pas le moindre murmure de conversation, et pour cause puisque la salle discrètement éclairée était… déserte.

— Par ici, dit Jake en lui prenant le bras et en la conduisant jusqu'à une table richement dressée.

Stupéfaite, elle regarda la nappe immaculée, les fleurs, l'argenterie précieuse, les flammes des bougies et, assis derrière un grand piano à queue, le même jazzman qu'à Oxford.

— Si vous voulez bien vous donner la peine, mademoiselle Brennan, déclara Jake en l'aidant à s'asseoir.

Et le pianiste entreprit de jouer la même mélodie romantique que celle entendue l'autre soir.

Cette salle déserte, un pianiste attitré…

— Voyons… Vas-tu m'expliquer ?

Jake eut un sourire.

— Je voulais t'offrir un vrai dîner d'amoureux en tête à tête.

— Et les autres clients qui avaient réservé pour ce soir ?

— Ils ont été dédommagés et aucun n'a eu le mauvais goût de protester. Cette soirée est la tienne, Iz, répondit Jake, et je me suis permis de composer le menu.

Incroyable !

— Eh bien, je…

Comme par magie, une assiette de coquilles Saint-Jacques garnies de pancetta rissolée, accompagnées d'épinards, de dés de courgettes et de carottes finement tranchées, fut déposé devant elle par un serveur stylé.

— Notre chef est réputé. Tu m'en diras des nouvelles.

— Et toi, quel menu as-tu choisi ? demanda-t-elle, curieuse, tandis que le serveur posait une autre assiette devant Jake.

— La sole au citron, à la salicorne et au bacon avec des lamelles de patate douce. Veux-tu que nous partagions ?

Une douce chaleur l'envahit.

— Partageons, Jake. Et tu me dois quelques explications, non ?

— Je tiens à toi.

— Tu tiens à moi, vraiment ?

— Puisque je te le dis. Et plutôt que de passer à tes yeux pour un salaud, un menteur et un tricheur, j'ai décidé de plaider ma cause.

Jake la regarda dans les yeux.

— Il y a six ans, j'étais incapable de faire la part des choses, de trancher entre mes sentiments et mes ambitions professionnelles, et c'est ce qui avait expliqué mon manque de combativité face à tes accusations.

— Avoue que les apparences étaient contre toi.

— Sans doute, mais tu aurais quand même pu m'écouter. Aujourd'hui, alors que cette Julia n'est rien pour moi et que tu m'accuses de nouveau, mon meilleur moyen de défense tient en quelques mots.

Un frisson la parcourut.

— Eh bien, parle, dit-elle en proie à une vive curiosité.

Jake la fixa.

— Je t'aime, voilà tout. Six ans plus tôt, sans doute n'aurais-je pas su t'avouer ce sentiment mais, aujourd'hui, je le peux.

Sous le coup de l'émotion, elle laissa choir ses couverts.

— Tu m'aimes ?

— Oui, Isobel, je t'aime et je regrette de ne pas te l'avoir dit plus tôt alors que je le pensais déjà. Que veux-tu, tes soupçons m'avaient blessé et la colère est mauvaise conseillère.

— Oh ! Jake, je...

Pour la première fois peut-être, elle prit conscience que les coups infligés par Simon à sa mère quand elle était si jeune, que les coups qu'elle même avait reçus de son terrible beau-père l'avaient conditionnée à craindre les hommes, à craindre les sentiments, le mariage, à craindre le partage, à refuser de faire confiance.

Six ans plus tôt, quand elle avait si facilement accrédité la thèse selon laquelle c'était Anna qui disait la vérité, n'avait-elle pas inconsciemment plaqué sur cette situation-là tout le poids de sa jeunesse traversée de drames et de pleurs ?

Et tout récemment encore, alors que Jake lui était si dévoué, qu'il avait aidé Caro et pris soin d'Emily comme de sa propre fille, il avait suffi d'un papier trouvé dans une poche de pantalon pour qu'aussitôt elle le soupçonne d'avoir des vues sur cette Julia de malheur.

— Oh ! Jake, si tu savais !

Et tandis que des larmes coulaient sur ses joues, Jake s'empara tendrement de ses mains qu'il serra avec force.

— Ne pleure pas, voyons ! Loin de moi l'idée de te causer du chagrin ou d'éveiller en toi des souvenirs douloureux.

Elle ne put s'empêcher de sourire et une joie nouvelle la submergea.

— Tu n'as pas à t'excuser, Jake, et sache que moi aussi je t'aime. D'amour...

Ces mots la libéraient de cette peur qui remontait à son enfance, aux propos doucereux de Simon autant qu'à la violence qui ne manquait pas de suivre, de quoi la persuader qu'amour et trahison allaient de pair.

Dès la première occasion qui lui avait été donnée d'éprouver la bonne foi de Jake, un réflexe l'avait poussée à lui retirer sa confiance car, alors, elle assimilait le fait d'aimer un homme à une faiblesse qui ne pourrait que la conduire au désespoir.

En rompant avec Jake, six ans plus tôt, elle avait paré au plus pressé, quitte à sacrifier le bonheur qu'elle vivait alors avec lui.

Jake la serra contre lui.

— Si tu m'aimes comme tu le prétends, pourquoi ces six années de silence ? pourquoi ce gâchis ? Et récemment, comment as-tu pu croire que j'avais un intérêt quelconque pour Julia ?

Leurs regards s'unissant, cette chaleur de désir et d'amour qui l'envahissait…

— Comprends, Jake, que pendant des années, aimer a été pour moi synonyme de drame, de cris, de coups, car je croyais encore qu'entre ma mère et Simon l'amour était réel. Il m'aura fallu du recul pour admettre qu'en vérité Simon n'a jamais aimé ma mère et qu'elle, en retour, a cherché à se persuader que le tyran à qui elle se dévouait corps et âme pouvait la rendre heureuse. Quelle illusion !

— Et nous, alors ? demanda Jake.

— Nous ? Eh bien, c'était différent de ce que j'avais vécu, mais je ne pouvais pas l'admettre à l'époque, encore moins l'analyser et tenter d'en tirer un enseignement. Alors oui, j'ai réagi avec un instinct de défense et j'ai rompu avec toi, sans cesser ensuite de le regretter.

Le regard de Jake se fit humble.

— Sais-tu que je n'ai jamais été aimé par une femme, Iz ? Que tu es la première en tout cas à me dire « je t'aime » ?

Isobel ressentit une immense tendresse pour l'homme qui lui souriait.

— Déjà, il y a six ans, c'était toi mon idéal, celui dont j'aurais voulu faire mon mari, mais ma satanée peur avait tout gâché.

— Nous nous sommes retrouvés, et grâce à Caro.

— Grâce à notre petite Emily aussi, ajouta-t-elle, émue. Oh ! Dire que j'ai failli une fois de plus passer à côté de toi, du bonheur, car j'étais prête à croire que cette Julia t'avait accaparé, mais à présent c'est oublié et j'ai confiance en toi, Jake, confiance en notre amour.

— Ma chérie !

— Oh Jake ! Tu es à la fois fort et sensible, simple et galant, et c'est ce que j'aime peut-être le plus en toi.

Elle se remémora le voyage à Bournemouth, le soutien que lui avait témoigné Jake, l'envol du ballon, cette crème glacée qu'il lui avait achetée en souvenir de celles qu'elle dégustait avec sa mère.

Elle se troubla sous le feu de ce regard viril et tendre à la fois posé sur elle.

— Je t'aime, Iz, je ne te le dirai jamais assez. Tu es tout pour moi et il m'aura fallu du temps pour le comprendre.

Avait-elle jamais été plus émue ?

— Jake, mon chéri ! Quand je pense à ce qu'a été ton enfance, les circonstances de ta naissance, la fuite de ton père, l'absence de ta mère, je ne peux que saluer ton courage.

— Et moi, je rends hommage au tien, Iz. En dépit du mal qui t'a été fait, tu es restée pure et tu te bats pour les gens ou les causes que tu estimes justes. Grâce à toi, j'ai compris qu'il y avait plus à attendre de la vie que des bilans financiers, et que rien ne remplaçait le dialogue.

— Ton père…

— Je lui ai parlé et j'ai bien fait. En ce qui nous concerne, je m'en serais toujours voulu de ne pas tout tenter pour te retrouver et te garder près de moi.

— Nous avons failli nous perdre une fois de plus et ça, je ne me le serais jamais pardonné, dit-elle en se serrant contre Jake.

Le regard ardent de son amant sur elle…

— N'y pensons plus, Iz. Ce qui compte, c'est que nous soyons en confiance l'un avec l'autre, comme je suis en confiance avec Stefan, Maria, Roberto. Qu'importe l'argent, l'origine sociale, le passé…

Une caresse sur sa joue lui tira un frisson.

— Et cette conversation avec ton père ?

— Tout n'est pas perdu entre nous. Pour la première fois, j'ai compris quel homme il était et combien, à sa façon aussi, il a souffert de l'emprise de Joseph sur lui.

— Tu ne peux pas savoir comme je suis heureuse pour toi, pour lui aussi. Et qu'en sera-t-il lors de ce prochain conseil d'administration ? Comptes-tu toujours imposer ta ligne de conduite aux actionnaires, contre la volonté de ton père ?

Jake lui sourit.

— J'ai décidé de retirer ma proposition et d'en rediscuter plus tard avec lui.

Que Jake puisse changer d'avis au sujet de ce père si longtemps considéré comme un ennemi ne pouvait que la ravir.

— J'en suis heureuse, Jake, très heureuse.

Il posa sur elle un regard approbateur, et elle lut sur son visage une expression de reconnaissance teintée de confiance et d'amour.

— Je m'en veux de l'avoir jugé trop sévèrement. Papa est sensible, artiste dans l'âme. Il a toujours détesté le groupe Cartwright, qu'il accuse de lui avoir mené la vie dure.

— Et toi, Jake ? Ton ambition ? Tes projets ?

— Sans renier mes convictions et ma passion pour ce métier, je sais aujourd'hui qu'il y a plus important que l'hôtellerie de luxe.

Ce propos suscita en elle un fol espoir.

— Quoi, par exemple ?

— L'amour.

— Et des enfants, Jake ? Aurais-tu envie d'en avoir ?

— Avec toi, bien sûr.

Rien n'aurait pu la satisfaire davantage.

— Mon chéri ! Tu feras un merveilleux papa, ça je le sais déjà.

Abandonné par sa mère, délaissé par son père, trahi par Joseph Cartwright, son grand-père, Jake n'en avait pas moins surmonté les obstacles accumulés sur sa route.

— Toi aussi, Iz, le moment venu, tu seras une excellente mère.

— Le moment venu ?

Son sourire sur elle.

— Ne dois-tu pas d'abord mener à terme cette association avec Clara, dans cette profession que tu as choisie ?

Elle aima son réalisme, son refus de répéter les erreurs de leurs parents respectifs.

— Tu as raison, Jake. Nous aurons des enfants le jour où nous pourrons nous consacrer à eux et les rendre heureux.

Dire que, quelques heures plus tôt, alors qu'elle peaufinait les derniers préparatifs du mariage de sa cliente Lucy, l'avenir lui avait paru si sombre !

— Il nous reste à célébrer quelque chose, dit Jake en débouchant le champagne.

Alors que le pianiste jouait un blues langoureux, le serveur déposa devant elle une pâtisserie en forme de pagode où trônait un œuf doré.

— Quelle est cette merveille ?

— Une surprise. Cet œuf est magique et je t'engage à l'examiner de plus près.

Ce qu'elle fit pour s'apercevoir que l'œuf s'ouvrait en deux et recelait un merveilleux solitaire.

— Jake, mais cette bague est magnifique ! dit-elle, fascinée.

Jake mit un genou à terre, devant elle.

— C'est toi qui es magnifique, Iz, toi qui brilles de mille feux. Veux-tu de moi pour époux, pour la vie ? Un même souffle, un même chemin…

Impossible de retenir ses larmes.

— Oh Jake, est-ce possible ?

— Alors, veux-tu de moi ?

— Bien sûr que je veux de toi, mon chéri !

— Pour la vie ?

— Pour la vie, Jake. Pour t'aimer jour après jour d'un même amour.

— Et nuit après nuit aussi, Iz, toi la plus belle, la plus sexy des femmes, toi que j'aime corps et âme et qui seras désormais mon point d'ancrage.

Elle l'aida à se lever, et tous deux se regardèrent au fond des yeux.

— Jake, je suis heureuse de t'épouser et je te promets fidélité éternelle.

— J'en prends acte, et toi tu peux prendre acte de mon dévouement total, déclara son futur époux en glissant à son doigt l'anneau où scintillait la pierre précieuse.

Enfin !

Retrouvez prochainement,
dans votre collection

Harmony

Un bébé entre amis, de Kathy Douglass - N°34

Comment en arrive-t-on à haïr son meilleur ami ? Voilà la question que se pose Joni. Depuis qu'elle a passé une nuit fabuleuse dans les bras d'Alexander Devlin, rien ne va plus entre eux. Et pour cause : alors qu'elle rêve de renouveler l'expérience, lui se confond en excuses ! Tandis qu'elle connaît les affres de l'amour, Alex veut tout oublier ! Mais le pire est à venir, car bientôt Joni se découvre enceinte…

Rêves de mariage, de Rebecca Winters - N°35

Pour Zoe, les hommes c'est fini ! Pourtant, lorsqu'elle fait la rencontre d'Andreas Gavras à l'occasion d'un séjour en Grèce, ses résolutions vacillent. L'Apollon, papa d'un adorable bébé, lui fait tourner la tête ! À mesure qu'elle apprend à le connaître, Zoe sent naître pour Andreas des sentiments intenses – jusqu'à imaginer un avenir avec lui ! Un rêve dangereux, car Zoe sait qu'elle doit repartir…

L'amoureuse des Caraïbes, de Rosanna Battigelli - N°36

Une croisière aux Caraïbes : voilà exactement ce dont a besoin Chanelle pour se ressourcer, *seule*, après une déception amoureuse. Or à peine a-t-elle embarqué sur *Le Verseau* qu'elle fait la connaissance d'un homme sublime, qui vient briser sa quiétude. Comment pourrait-elle rester sereine, quand Vance Kingston fait battre son cœur toujours plus vite, dans ce décor paradisiaque ?

BLANCHE

PROTÉGER. SAUVER. ÉMOUVOIR.

Blanche, des romances
émouvantes et modernes
dans le milieu médical :
leur mission est de sauver des vies,
leur destin, de trouver l'amour.

5 livres à découvrir tous les mois.